KB044028

회사 버리고 어쩌다 빵집 알바생

회사 버리고 어쩌다 빵집 알바생

글·그림 개띠랑

루리
책방
RURI-BOOKS

차례

════ 퇴근 ════

════ 에필로그 ════

대학에서 산업디자인을 전공한 나는 좀 더 생동감 있는 디자인을 해보고 싶어 영상 디자인학원까지 다니며 다양한 기술을 익혔다. 그리고 졸업 후, 가수들의 무대 영상을 디자인하는 회사에 입사를 했고 이제 생동감 있는 삶이 펼쳐지리라 기대했다.

'TV에 내가 디자인한 영상이 나온다니! 내 디자인을 널리 알릴 수 있겠구나!'

온통 설렘과 기대감으로 가득 찼다. 하지만 그런 마음은 고강도의 업무 환경으로 인해 곧 사라졌다. 이게 바로 내가 첫 번째 회사를 그만두게 된 가장 큰 이유로 작용했다.

근무했던 2년 반 동안 온전히 쉴 수 있는 날이 단 하루도 없었다. 주 6일을 근무했는데 방송 스케줄을 맞추려면 유일하게 쉬는 하루에도 재택근무를 해야 했다.

휴식도 없이 몰아치는 삶을 살다 보니 실제로 누가 쫓아오는 것도 아닌데 언제나 쫓기는 삶을 살다가 결국 나를 궁지에 몰아넣기 시작했다. 그게 바로 파국의 시작이었다.

"띠랑 씨, 어느 정도 됐어요?"

회의 시간에 업무 파악을 위해 팀장님이 던진 질문에 나는 숨도 쉬지 않고 바로 거짓말을 했다.

"거의 다 했어요!"

거짓말은 나쁜 것이라는 걸 알고는 있지만 그렇게 말하지 않으면 "시간은 충분하지 않았어요? 왜 그것밖에 못 한 거죠?"라는 말을 들었을 터였다.

일주일에 보통 13~14팀의 영상을 노래 분위기에 맞춰서, 한 곡당 4~5개의 버전으로 만들어야 했는데 그 거짓말에 맞추려면 나는 자진 재택근무라도 해서 일을 다 끝내야 했다. 그렇지 않으면 제시간에 일을 끝내기란 어림도 없는 일이었다.

자진 재택근무를 한다고 내 마음이 편한 건 아니었다. 거짓말을 한 내 자신도 싫었고, 집에까지 끌고 가서 일을 하고 있는 것도 싫었다. 결국 나는 첫 번째 회사를 퇴사했다.

내가 하고 싶던 일이었고, 꿈을 펼칠 수 있을 회사라고 생각했지만 2년 반 만에 끝이 났다. 퇴사를 하고 난 후 뭔가 내 삶이 그 길로 멈춰버린 것 같은 느낌이 들었다. 고작 스물세 살일 뿐이었는데.

더 이상의 멈춤은 없다고 마음먹고, 내가 하고 싶었던 일이 무엇일지 다시 생각했다. 그때의 나에게는 돈이 중요한 것도 아니었고, 명예가 중요했던 것도 아니었다. 그냥 단지 '내 삶'이 있는 일을 하고 싶다는 생각이었다.

방송 일이라는 것이 워낙 바쁘게 돌아가는 분야라는 것을 알고 난 뒤였기 때문에 다음 일을 선택할 때에도 또 방송계로 발을 들여놓는 것이 맞을지 망설이기도 했다.

하지만 내가 한 디자인이 많은 사람이 보는 TV에 나온다는 것은 굉장히 매력적이었고, 나는 결국 다시 방송계를 선택했다.

신중하게 고민하고 선택한 두 번째 회사는 자막 디자인 등 최종 후반 작업을 해서 방송을 송출하는 곳이었다. 역시 밤낮없이 돌아가는 TV 스케줄에 맞춰 회사도 밤낮없이 돌아갔다. 밤도 새며 일을 해야 했기 때문에 2교대 근무 시스템이었다. 피곤하기는 했지만 첫 번째 회사보다는 휴무일이 정확했고 '내 삶'과 '내 시간'이 보장되어 마음은 한결 편안했다.

하지만 그 편안했던 마음에도 6개월 정도 지나니 점점 금이 가기 시작했다. 흔히 직장인들은 우스갯소리처럼 '3·6·9 고비'가 있다는 말을 하는데 그 '6'의 고비가 온 거라고 나 자신을 다독였다.

하지만 금이 가기 시작한 이유는 바로 사람들이 주는 스트레스! 물론 어딜 가나 사람 스트레스는 있다. 게다가 첫 번째 회사에서 사람 스트레스를 겪을 만큼 겪었기에 마음도 단단해졌다고 생각했지만 두 번째 회사에서는 해도 해도 너무한 텃세와 팀원 사이에서 벌어지는 온갖 정치질까지 도저히 견디기 힘든 수준이었다.

다른 선임이 내 사수에게 "막내 들어왔으니까 너 이제 안 괴롭힐게. 이제 내 타깃은 걔따랑이야!"라는 이야기를 대놓고 끊임없이 하기도 했다. 절대 컨펌 나지 않던 내 디자인이 나도 모르는 사이에 다른 사람의 이름으로 통과된 일도 있었고 이제는 잘 기억도 나지 않을 만큼 너무 유치한 일이 정말 많았다.

업무적 스트레스도 점점 커져만 갔지만 이미 한 번 '멈춤'을 경험했던 나로서는 다시 멈출 용기가 나지 않았다. 그렇게 어떻게든 참고 참으며 또 2년 반을 계속 달렸다.

환경이 바뀌면 조금 나아질까 싶어서 자취 집 월세를 높여 조금 더 넓은 곳으로 이사를 가기도 했다. 뭐, 물론 5평에서 7평으로 넓어진 것에 불과하기는 했지만 이사를 하고 나니 좋았다. 그런데 그게 그렇게 오래 가지 않았다.

다달이 월세를 메우기 위해 직장생활하는 것은 내가 마치 돈의 노예가 된 것처럼 느껴졌고, 좀 더 생동감 있게 살아 보고자 했던 나의 초심은 어느덧 사라졌다.

이직하면서 꼭 지키고 싶었던 '내 시간'에도 별것 하지도 못했다. 밤새 일하고 난 뒤에도 시간을 쪼개 영어회화 학원을 다니고 운동도 배워 봤지만 사람에 치였던 스트레스는 쉽게 해소되지 않았다.

업무 스트레스도 점점 커져만 갔고, 무거운 마음을 안고 멍하니 누워 있다가 울면서 잠들기 일쑤였다. 하루하루 시간은 갔지만 나는 앞으로 가지 못하고 멈춰 있는 것 같았다. 아니, 오히려 내 삶이 거꾸로 역재생되어 후퇴하는 것 같았다.

마음의 짐은 정말로 머리를 쥐어뜯는 수준이 되었다. 그렇게라도 하지 않으면 너무 답답해서 살 수 없을 것 같은 날들이 이어졌고, 3·6·9의 고비는 입사 2년 반이 지나갈 무렵에는 9일, 6일, 3일 수준으로 찾아왔다.

꾸역꾸역 버티며 회사를 다니다가는 내가 먼저 죽을 것 같았다. 결국 나는 두 번째 회사도 퇴사를 했다.

퇴사를 하고 '앞으로 어떻게 살아야 하지…?'라는 막연한 고민을 하고 있는 나를 보던 언니가 당시 유행하던 인스타툰 하나를 보여주며 말했다.

"너도 어렸을 때 그림 그리는 거 좋아했잖아. 인스타에 회사 생활하면서 답답했던 걸 그려서 올려 봐. 너, 잘할 것 같아!"

인스타그램은커녕 SNS를 전혀 하지 않았던 나는 '내가 그림을 그려서 올린다고 사람들이 좋아할까…?'라는 생각부터 들었다. 당시 나의 자존감은 저~~~밑 심해 바다 끝까지 떨어져 있는 상태였다.

하지만 언니는 적극 추천했고, 망설이던 나는 그림을 그려서 올렸다. 조금씩, 내 그림을 보고 '좋아요'를 누르고 댓글을 달아주는 사람들이 생기며 무너졌던 자존감은 조금씩 올라왔고 나는 큰 힘을 얻었다. 내가 살아갈 힘이 생기는 것 같았다.

누군가 나에게 "회사는 왜 그만 뒀어요?"라고 물으면 나는 "힘들어서요. 회사가 다 그렇죠 뭐…"라고 말하고는 했다. 구체적인 이유를 말한 적은 한 번도 없었고, 내 자신도 퇴사 이유에 대해 구체화시키고 싶지 않았다. 그리 좋은 기억도 아니었다.

그저 지독하기만 했던 회사 생활을 끝낸 후 짧다면 짧고 길다면 길었던 직장인 생활의 기억을 다시는 꺼내지 못할 만큼 아주 깊은 곳으로 묻어 뒀었다. 기억의 상자를 몇 겹씩 포장하는 것도 모자라 자물쇠를 채워 시멘트까지 발라놓은 수준으로 말이다.

책을 쓰며 그 꺼내고 싶지 않은 기억을 꺼낸다는 건 사실 정말 괴로운 일이었다. 하지만 지금의 나는 예전의 상처를 조금씩 치유하고, 다시 내가 살아갈 힘을 찾아가고 있다.

'꾸역꾸역 버티는 회사 생활보다는 나를 좋아해 주는 곳에서, 내가 좋아하는 일을 해보자!'

그런 생각으로 두 번째 퇴사를 했고, 지금 나는 빵집 알바를 하고 있다. 사실 요즘에도 '잘한 선택일까…? 잘 가고 있는 것일까…?'라는 생각이 들 때도 있다. 하지만 그저 나는 오늘을 충실하게 살아가고 있다.

오픈 준비

회사를 다니면 멋있는 어른이 되는 줄 알았는데...
막상 회사를 다녀보니 피곤에 찌들어 있는 나만 있었다.

퇴사를 했다

"팀장님, 저 그만두겠습니다."

수백 번 연습하다 겨우 내뱉었다. 그런데 수백 번 연습했던 것에 비해 서울살이는 단 한 마디로 금방 끝이 났다. 디자인을 전공한 나는 1,825일, 5년이라는 시간 동안 직장 두 군데를 다녔고 모두 방송과 관련된 곳이었다.

'우와! 방송국?'

호기심과 기대감에 일을 시작했지만 이내 곧 꺼지게 됐다. 회사생활은 내가 생각했던 것과는 매우 달랐다. 해 뜨는 걸 보고 출근했고, 해 뜨는 걸 보고 퇴근하는 삶이 이어졌다. 내 생활이라는 것은 하나도 없었고, 퇴근하면 겨우 잠만 자고 다시 출근해야 하는 일상이었다. 한창 싱그럽다는 20대 초반이었지만 내 모습은 항상 찌들어 있었다. 그런 모습이 너무 싫고 지겨웠다. 처음부터 그랬던 것은 아니었겠지…

서울에서 살아보니 멋있긴 개뿔! 그래, 다 그만두고 다시 집으로 돌아가자! 집으로 돌아가면 더 이상의 지친 나는 없다! 항상 싱그러운 순간만 있을 거다! 다시 활기찬 나로 돌아가 보자!

그렇게 나는 모든 걸 접고 집으로 돌아왔다.

알바는 다르겠지…?

나는 누구보다 빠르게, 남들과는 다르게 사회에 나오고 싶었다. 늘 TV에 나오는 멋진 커리어우먼에 나를 대입하면서 높은 빌딩 숲 사이에 있는 모습을 상상했다. 대학도 빨리 졸업하고, 취업도 빨리해서 독립하는 것을 늘 꿈꿨다.

사람마다 인생의 속도는 다르겠지만 나는 누구보다 빠르다고 자부할 수 있었다. 그런데 모든 일을 다 그만두고 본가로 돌아온 지금, 나는 '일시 정지' 상태가 되었다. 다시 무언가를 시작해야겠다는 생각은 했지만 자꾸 멈칫거렸다.

불규칙한 퇴근 시간, 시도 때도 없는 야근, 직장 상사의 눈치, 업무 시간 외 잦은 연락… 그때의 고통이 자꾸 떠올랐다. 다시 직장인으로 돌아가고 싶지 않았다.

'이렇게 살 바에 차라리 알바하는 게 낫겠네!'

회사 다니며 늘 이런 생각을 했었던 나는 사실 아르바이트를 해 본 적이 없었다. 사회에 빨리 나오고 싶어서 방학에도 수업을 듣느라 시간이 없었다. 그런데 지긋지긋한 사회생활에서 벗어난 나에게는 '알바가 돌파구가 아닐까'라는 생각이 들었다.

그래. 알바는 회사와 다를 거야! 정시 출근, 정시 퇴근! 알바 천국에 한 번 들어가 보자!

알바 천국으로!

불규칙한 출퇴근시간

시도때도 없는 야근
(일주일에 적어도 세번씩은 밤샘근무)

업무 시간 외 잦은 연락
(유동적인 스케줄이라 항시 봐야했다)

알바하면 이 정도는 아닐거야...!

개업 멤버

알바를 하기로 결정했더니 이젠 어떤 알바를 해야 할까 고민
이 시작됐다. 그런데 집 근처에서 나에게 딱 맞는 최적의 알바를
만나게 됐다!

주위 사람들은 그랬다.

"회사와 너무 가까이 살지 마. 가까이 살면 일만 많이 시켜!"

하지만 알바는 정해진 시간에 출퇴근을 할 테니 그런 걱정은
고민의 축에도 끼지 못했다.

난 집 앞 3분 거리에 새로 오픈하는 빵집에 지원했다. 그리고
개업 멤버가 되었다…!

빵집…?!

집에 와서 폭풍 검색을 한 후

바로 지원했다!

초고속 합격

회사에 들어갈 때에는 포트폴리오니 자소서니 하면서 면접 보기 전에도 준비할 게 많았다. 그런데 알바 면접에서는 "안녕하세요!" 인사만 나누고 합격을 해버렸다.

한참 뒤에 사장님께 초고속 면접 합격 여부에 대해 물어보니 '안녕하세요!' 한 마디에도 사람을 다 판단할 수 있다고 하셨지만…!

유례없는 초고속 면접 합격 후 직원은 오직 나 하나. 야근 없고 쓸데없는 텃세며 눈치 볼 것도 없고, 퇴근 후 저녁이 있는 삶! 한마디로 워라밸이 보장되는 삶!

내가 매번 꿈꾸던 근무환경이었다. 이보다 더 좋은 알바는 없을 거라고 생각했다.

그렇게 나는 한없이 마냥 기쁜 알바생이 되었다.

그리고 잠시 멈춰 있던 나의 인생 속도는 다시 빠르게 돌아가기 시작했다.

Bread!

오전 근무

새롭게 시작해보는거야!

멈춰 있던 시계가 다시 움직였다!

그래, 알바를 하면서 다시 일상을 찾아보자!

알바는 처음이라

무엇이든 '처음'을 만나게 되는 순간은 걱정, 긴장, 설렘 등등 다양한 감정으로 복잡 미묘해진다. 나에게 오랜만에 찾아온 '첫날'. 빵집으로 첫 출근하는 나는 설레지만 잔뜩 긴장한 채였다. 마치 무엇이든 서툴렀지만 열정은 많은 사회 초년생 때로 시간을 되돌린 것 같았다.

나의 첫 출근일이자 가게의 오픈 날!

빵 이름에 가격까지 외우랴, 손님 대처하랴, 매장 정리도 해야 하고…! 멘붕이 되어 위가 뒤틀릴 것만 같았다. 처음이 힘들다는 것은 누구보다 잘 알고 있지만 또다시 겪게 되니 정말 더 죽을 맛이었다.

아… 알바는 쉬울 줄 알았는데.

몇 번을 생각해 봐도 아찔한 하루였다!

위가 꼬이네…

사장님한테 일 배우랴, 손님 응대하랴…

멘붕이 되어 도망치고 싶었다.

역시 〈처음〉은 어려워…

요령 없이 한다는 건

빵 칼질이 서툰 나는...

(바게트 같은 하드계열 빵.)

기술 없이 오로지 어깨 힘으로만 자르다보니,

어깨가 빠질 것 같다..

사장님의 파격 제안

알바 3일째 되던 날. 이제 좀 적응이 되었다고 생각했는데 사장님은 내게 파격적인 제안을 하셨다.

"띠랑 씨, 빵집 매니저 한 번 해 볼래요?"

파격적인 면접 합격에 이어 이건 또 무슨 소리…? 정말 나를 떡잎부터 알아본 건가? 알바는 정말 신세계네!

회사 다닐 때는 상상도 못했던 파격 인사이동이었다. 편견 없는 근무 환경에, 알바생 인생은 브레이크 없이 직진 중이다!

빵아일체

직장에 다녔을 때에는 퇴근해서 집에 오면 피곤에 찌들어 잠자기 바빴다. 그래서 내 몸에서 어떤 냄새가 나는지 확인할 겨를이 없었다.

지금은 알바 끝나고 집에 오면 몸에서 빵 냄새가 난다. 가만히 있어도 솔솔 나는 향기로운 빵 냄새!

잠시나마 빵 냄새에 취해본다.

스티브 빵스

직장 다닐 때는 아침마다 무엇을 입을지 항상 고민했다. 그때마다 늘 교복이 있었으면 좋겠다고 생각했는데, 알바를 하니 유니폼이 생겨 그 고민이 해결됐다!

그냥 깔끔한 검정색 옷이면 OK! 검은 옷 하나만으로도 금방 소소한 행복을 느끼는 것을 보며 '내가 이렇게 행복을 잘 느끼는 사람이었나?'라는 생각이 든다.

그럼… 오늘은 어떤 검은 옷을 입고 나갈까?

오늘은 이거다!

말 한마디의 힘

늘 자기 자리에 앉아서 컴퓨터만 보는 직장은 만나는 사람만 만났었다. 늘 표정 없는 얼굴. 그런데 빵집에서 일하다 보니 짧은 시간이어도 다양한 손님을 마주하게 된다. 그래서 그런지 별의별 일이 생기기도 하지만.

하루는, 줄지 않는 손님으로 지쳐있었는데 한 손님이 "고생이 많네요! 빵 잘 먹을게요!"라는 말을 해 주셨다. 힘이 번쩍 났다. 그리고 그 따뜻한 말 한마디가 힘든 하루를 버틸 수 있게 해 주었다.

남이 해 주지 않는다면 나라도 내 자신에게 해 주면 되는 건데… 나는 왜 나에게 따뜻한 말 한마디를 건네지 못했을까.

오늘도 지친 나에게 가만히 말을 건네 본다.

"잘했어. 잘하고 있어. 잘할 거야!"

오늘 하루도 고생했어.

쓰담

쓰담

뜨거워도 너무 뜨거워

손님이 갓 나온 빵을
잘라달라고 할 때가 있다.

그럴때마다 너무 겁이 난다.

사라졌다…!

내가 빵을 자르고 있는데 부스럭 소리가 났다. 시식 빵이 있으니 빵을 맛보는 소리라고 생각했다. 그런데 손님이 가고 난 뒤… 손님과 함께 시식 빵이 몽땅 사라졌다!

아… 적어도 회사에서는 나 모르게 내 물건이 없어지는 일은 없었는데… 살다 보니 참 별일이 다 생긴다!

시식빵 있었는데요…

없었습니다…

피로회복제

나는 아기 손님들이 오면 손 인사를 해 준다. 낯가림이 심한 아기들도 있지만 대부분 아기들도 손 인사를 해 준다. 빵 사러 오면 문밖에서까지 인사를 꼭 해준 뒤 집을 가는 3살가량의 아기 손님도 있다.

하루는 손님이 한꺼번에 몰려와서 그 아기 손님과 인사를 하지 못했다. 손님이 다 가고 난 뒤 한숨을 돌리려는 그때…! 문밖에 서 있는 아기 손님을 보게 됐다! 나와 인사를 기다리던 아기 손님은 눈이 마주치자 밝게 웃으며 인사를 건넸다.

아기 손님 덕분에 피로가 한 번에 풀렸다! 이런 순간이 있을 때마다 '이게 바로 사람과 사람이 일하는 세상이지!'라는 생각을 하게 된다. 거친 사회생활 속에서 사람은 보통 상처 주는 존재가 될 때도 있지만, 오늘은 사람으로 힐링을 해 본다!

계산을 마치고

계산을 마치고,

그러지 마…

사회는 거친 어른들의 세계였다. 회사 다니며 나도 덩달아 거칠어져만 갔다. 이곳을 빠져나가면 다시 나에게도 동심 같은 것이 생길 것 같았다.

빵집 알바를 하면서 많은 어린이를 만나게 되는데, 내 예상과 달리 동심이 늘 생겨나는 것은 아니었다. 개구쟁이 어린이 손님이 오면 조마조마하다. 입은 웃고 있지만 눈은 나도 모르게 거친 어른의 눈빛이 된다. 마치 회사생활을 할 때의 나를 보는 것 같다. 아… 그 시간만 사라지면 동심이 생길 거라고 생길 거라고 생각했던 그때의 나는 어디 간 건지… 그건 그렇고…

'그건 만지면 안 돼… 빨리 가…!'

잘 잡아!

내가 뒤돌아서 빵 자르는 사이,

진열해놓은 잼으로 탑을 쌓고 있었다..

쉬이이이

가게에 들어오더니,

덩달아 나도 마음이 급해져 뛰어나갔다.

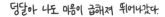

볼일 다 본 뒤...

아.. 우리 가게엔 아이스크림 없는데..
하하.. 잘가요~

이 또한 지나가리라…

　매장에 직원은 나 혼자다. 저녁 알바가 있기는 하지만 어쨌든 일할 때는 나 혼자. 그래서 손님이 오기 전에 빨리 포장을 해놔야 하는데 도중에 손님이 오면 일의 순서가 꼬여 할 일이 금세 잔뜩 쌓여버린다. '이 또한 지나가리라…'를 주문처럼 되새기며 하나씩 해치우는 수밖에.

　방송은 일정이 정해져 있어서 모든 일이 늘 급박하게 돌아갔다. 때문에 숨가쁜 일정은 익숙한 일이기는 하다. 물론 처음부터 그랬던 것은 아니었다. 신입 때는 꽤나 버벅거렸고, 어수룩했다. 그런데 그때는 '이 또한 지나간다'는 생각을 하지 못했다.

　우당탕탕 보냈던 시절이 있었으니 오늘의 나는 이렇게 유연해질 수 있는 거겠지? 그때는 그저 괴롭기만 했었는데, 오늘은 그때의 나에게 '잘 버텨서 고마워'라는 말을 하고 싶다.

포장의 달인

직장 다닐 때에는 팀원들과 함께 일을 했기에 늘 상사 눈치를 보고 동료들 기분을 살펴야 했다. 그리고 공장의 기계처럼, 시키는 일을 뚝딱뚝딱 찍어내며 하루를 마무리하는 게 일상이었다. 무슨 일을 하고 있는지도 모를 지경이었다.

알바를 하는 지금은 빵집에서 빵 포장을 하고 계산을 하며 대부분의 시간이 흘러간다. 예전에 비하면 엄청 단순한 업무다. 그리고 물론 일은 나 혼자 한다. 그러다 문득 '난 하루에 몇 개의 빵을 포장하는 걸까?'라는 생각이 들었다.

'한 번 세어볼까?'란 생각이 들어서 하나씩 세는 도중 손님이 와서 포기, 다음날은 사장님이 말 걸어서 포기.

이러나저러나 이제 나의 일은 빵 포장! 하루에 몇 개의 빵을 포장하는지는 궁금해하지 않기로 했다. 예전이나 지금이나 그저 나는 하루하루를 열심히 살아가고 있는 거니까!

빵집의 하루

안녕하세요? 포장의 달인입니다!

빵 포장① 오전 10시 30분

빵 포장② 오후 12시

빵 포장③ 오후 3시

벌써 저렇게?

방송 일을 하다 보니 회사에서는 TV 프로그램이 시작하고 종영하는 걸로 시간의 흐름을 알았다. 빵집에서는 아기 손님들로 시간의 흐름을 파악하게 된다.

작년 여름에 유모차 타고 왔던 아기가

겨울엔 아장아장 걷기 시작했는데,

이제는 말도 한다.

와.. 벌써 2년이 지났구나..

회사 보단 나을 거야.

회사 보단 낫네.

회사 보단 나은건가..?

회사 보단 낫긴...

무면허 맛 평가단

개업 멤버인 나는 빵집에 있는 빵은 다 먹어보았다. 파는 것, 개발중인 것까지 전부! 그런데 먹을 때마다 사장님의 폭풍 질문이 쏟아진다.

"맛이 어때?", "너무 달진 않아?", "초코가 너무 많은가?", "가격은 적당한 것 같아?"

회사에 다닐 때는 직장 상사가 "띠랑 씨는 어떻게 생각해?"라고 질문을 해서 내가 의견을 내도 나의 의견은 크게 반영되지는 않았었다. '어차피 반영도 안 될 텐데 대체 왜 물어보는 거지? 내 의견이 굳이 중요한가?'라는 생각으로 머릿속이 가득 찼다.

지금은 "맛있네" 혹은 "맛없어"라고 빵 맛을 평가하던 손님 시절과는 달리, 자신이 만든 빵 맛이 어떤지 자세히 묘사해 주기를 원하는 사장님 덕분에 나는 더 세세하게 빵 맛을 표현할 수 있는 사람이 되어 간다.

첫입의 느낌, 씹는 식감, 빵과 소스의 어울림…

지금 나는 맛은 잘 보는 무면허 빵 박사님이 되어간다.

사장님은 다 알아

처음엔 진짜 맛있어서 맛있다고 했다.

하지만 가끔 별로인 것도 맛있다고 했었다.

그런데 이제는 사장님이
내 표정만 보고도 맞힌다.

결제가 안 돼요

종종 결제 할 수 없는 카드를 주실 때가 있다.

나도 이런 적 있었는데...

무의식으로 버스에서
민증을 찍은 적이 있었지...

빵을 찾습니다

　직장에서는 업무를 정확하게 처리해야 했다. 오탈자 하나도 치명적이기에 늘 하나하나 꼼꼼해야 했다. 그렇게 나는 작은 실수에도 민감한 사람이 되어갔다.

　그런데 빵집에서 일을 하다 보니 빵 이름을 정확하게 알고 있는 사람이 많지 않다는 것을 알게 됐다. 그리고 나는 매일 손님이 내는 퀴즈를 풀고 있다.

Quiz1. 손님이 찾는 빵은 무엇일까요?

날치알이 들어간 빵이요.

안에 치즈 같은게 들어있어요.

길이는 이만해요.

저희 날치알 들어간 빵은 없어요.

말을 하고나서 날치알과 비슷한 빵이 뭐가 있을까 생각해보니...

명란젓

날치알이 들어간 빵이요.

안에 치즈 같은게 들어있어요.

길이는 이만해요.

A. 명란바게트

명란바게트 여기 있습니다.

맞아요! 이 빵이에요!

50

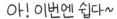

QUIZ ❸ 치즈팥 빵?

자, 게임을 시작하지!

빵 속에 팥 앙금이 들어가있고,

치즈? 버터? 흰색이 들어간 빵이에요.

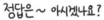

정답은~ 아시겠나요?

앙버터

A.

새롭게 생긴 취미

회사 다닐 때는 하루하루가 똑같았다. 시간은 빠르게 지나갔고, 단순하게 흘러갔다. 내 살길 바쁘니 다른 사람 관찰할 일도 없었다.

그런데 알바를 하면서 직장을 다닐 때보다 더 다양한 사람을 많이 만나게 되었고 예전보다 단순한 업무이다 보니 그들을 관찰하는 새로운 재미가 생겼다!

빵집 관찰일지❶ 아빠

일하면서 소비패턴을 지켜본 결과,
아빠들이 직접 사가거나

먹어도 먹어도 또 먹고싶어하거나

엄마들이 고를 때 약 90%, 바로
아빠를 위한 단팥빵을 많이 사간다.

그래서 나는 우리 아빠를 밀착취재했다.

Q. 아빠들은 왜 단팥빵을 좋아하는 걸까요?
A. 아닌데? 나는 빵 다 좋아해!

내가 내린 결론
↳ 아빠들은 단팥빵을 좋아한다.

(우리 아빠는
다 좋아한다)

아이에게 자율적으로
빵을 고르라고 한다.

사례1)

아이는 엄마 말대로
자기가 먹고 싶은 빵을 얘기한다.

사례2)

하지만 엄마들은 자연스럽게
엄마가 원하는 빵으로 유도한다.

어느새 아이는 엄마의 말에
빠져들어 엄마가 원하는 빵을 산다.

내가 내린 결론
↳ 엄마들에겐 늘 답은 정해져있다.

(우리 엄마
포함ㅋㅋ)

빵집 관찰일지❸ 어린이

내가 내린 결론
↳ 엄마들은 안 사준다! ㅋㅋ

빵집 관찰일지❹ 심부름 오는 남편들

사례1) 전화 걸어서 어떤 빵인지 물어본다.

사례2) 영상통화를 걸어 빵을 보여준다.

사례3) 들어오자마자 물어본다.

사례4) 문자를 보여주며 나에게 골라달라고 한다.

직장에서 업무 지시 내리는 사장님처럼,
와이프들한테는 늘 답이 정해져있다.

내가 내린
결론!

빵집 관찰일지 ⑤ 낯가리는 어린이

어린이 손님들 오면 인사를 해주는데 그 중 낯가리는 어린이들이 있다.

안녕!

사례1) 엄마 뒤로 숨는다.

인사해야지~

소심형 (•••)

사례 2) 손으로 눈을 가린다.

부끄럼형 (!)

사례 3) 유모차 덮개를 내려버린다.

적극형 (?)

아이들에게 한마디!

ㄴ 다음번에 오면 인사해줘~

첫 손님의 법칙

회사 다닐 때에는 아무리 늦게 퇴근해도 늘 남들보다 먼저 출근했다. 그리고 차 한 잔을 마시며 그날 하루 업무를 나름대로 정리하는 시간을 가졌다. 그래야 하루의 시작이 잘 풀렸다.

알바생이 된 지금, 내 하루의 시작을 좌지우지하는 건 바로⋯ 첫 손님이다!

첫 손님이 찾는 빵은 그날 하루 동안 인기가 가장 많은 빵이 된다! 또, 첫 손님이 빵을 많이 사가거나 가격대 높은 빵을 사가면 그날은 장사가 무척 잘 된다!

믿거나 말거나 수준이지만, 내가 만든 나만의 징크스는 내가 하루를 더 재밌게 살 수 있는 힘을 준다. 마치 '오늘의 운세'를 점치고 하루를 시작하는 것처럼!

과연 오늘의 첫 손님은 어떤 빵을 사갈까?

내 인생의 플레이리스트

빵집은 하루 종일 음악을 틀어 둔다. 대부분 사장님의 최애 곡이어서 플레이리스트가 잘 바뀌지 않는다. 최소 두 달 정도는 들어줘야 하는데 그 덕분에 나는 다음 곡을 좍 꿰뚫고 있다.

음악을 들으며 빵 포장을 하던 순간, '내 인생도 다음이 보이면 얼마나 좋을까?'라는 생각이 들었다. 알바 인생은 언제까지 하게 될지, 나는 어떤 일을 하며 살아가고 있을지 궁금한 게 무지 많은데!

3분만 기다려 주세요

괜히 사장님한테 말을 걸었다...

하핫♬

짧은 듯 긴 3분...

3분 후, 오븐 여는 소리가 세상 반갑다.

빵집 노래자랑

　회사를 가는 길에 나는 늘 이어폰을 꽂고 노래를 들었다. 그렇게 들은 노래는 내 머릿속에 하루 종일 맴돌며 흥얼거리게 했고, 힘든 일, 기분 나쁜 일, 치사한 일 등이 나를 힘들게 할 때에 기운을 북돋아 주기도 했다.

　지금은 사장님이 자리를 비우면 내가 좋아하는 노래로 바꿔 틀기도 한다. 빵집에 나의 플레이리스트가 울려 퍼지고, 이제 나만의 것이 아니라 빵집 손님들과 같이 듣는 모두의 플레이리스트가 되었다!

　가끔 내가 골라서 튼 노래를 흥얼거리는 손님의 모습을 보기도 하는데 그러면 나도 덩달아 기분이 좋아진다. 맛있는 빵을 사고, 좋은 노래도 흥얼거리며 즐거운 마음으로 돌아가실 수 있기를…!

　언젠가는 각자가 좋아하는 노래로 '빵집 노래자랑'이라도 열어야 하는 걸까? 즐거운 상상 중!

나의 플레이리스트

나의 플레이리스트가
가게에 울려퍼져

손님들이 흥얼거리는 소리를 들으면,

마치 가게가 무대가 되는 것 같다.

오늘도 선곡 성공!

초코 소시지 빵

나는 새 프로그램이 런칭되어 회사에 의뢰가 들어오면 그 프로그램에 맞게 자막이나 무대 영상 디자인을 하는 일을 했었다. 그때마다 새로운 아이디어를 고민하며 매일 밤을 지새웠지만 아이디어가 모두 발탁되는 건 아니었다.

알바를 시작하면서는 그런 고민은 이제 없다고 생각했다. 그런데 사장님이 나에게 갑자기 새 메뉴 개발 미션을 주셨다!

'빵을 좋아하기는 하지만 만들어본 적은 없는데…'

당황했지만 마침 그때 사장님이 준 소시지 빵을 먹고 있었던 나는 아이디어가 번뜩 떠올랐다! 바로 초코 소시지 빵! 호기심과 엉뚱함이 빛을 발했다고 생각했다. 하지만 만들어서 먹어 보니 팔 수 있는 맛이 아니어서 정식 메뉴로 등극하지는 못했다.

회사 다니며 냈던 아이디어들이 채택되지 못했을 때에는 속상함이 오랫동안 남아 있었다. 그런데 이번에는 그때처럼 속상하지 않았다. 그저 내 호기심이 눈앞에 실현되어 '와! 신기하다!'라는 감정만 있을 뿐이었다.

많은 시행착오들이 모여서, 빵집 알바생인 오늘의 내가 이렇게 웃어넘길 수 있는 것이라는 생각이 들었다.

'역시 새로운 건 한 번에 탄생되는 건 아닌 듯해!'

부러워!

쉬는 날 없이 방송되는 TV 특성 상 직장을 다닐 때는 오전/오후 조로 나뉘어 교대근무를 하다 보니 평일에 휴무가 걸리기도 했다. 하지만 알바를 한 이후, 특별한 이유로 빵집 문을 닫지 않는 이상 평일에는 쉴 수가 없다.

가게 안에서 창문 밖 풍경을 보며 '하아… 내 빵집도 아닌데… 회사 다닐 땐 평일에 휴무도 쓰고, 연휴도 쉬어서 좋았는데 알바 하니까 쉬는 날이 하나도 없네! 쉬지 않고 일한다고 나한테 뭐가 남을까?'라는 생각을 한 적도 있다.

그런데 어느 날 한 할머니 손님이 계산하시면서 "갓 나온 빵도 보고 빵 냄새도 맡고… 행복한 데서 일하네. 부러워!"라고 말씀해 주셨다.

사실 직장 생활할 때에 힘들게 했던 것들이 사라지자 또 다른 새로운 걱정거리들이 생겨났다. 불투명한 미래는 여전했고 나이를 먹어가며 고민거리는 늘어났다. 그런데 할머니의 이야기는 잠시나마 그 고민을 잊게 해 주었다.

찌든 사회생활을 견디는 건 다르게 생각할 수 있는 힘이라는 생각이 들었다.

신이 개띠랑을 만들 때

내가 빵을 좋아하니까
빵사랑 한가득!

부러움도 한 스푼!

기죽지 말고 행복하게 살아가거라!

기분 나빠도 웃어야 한다.

사장님한테 전수 받은 간단한 홈베이킹
치킨 또띠아 편

양파, 양배추를 썰어줍니다.

자른 재료를 양념이 된 닭갈비와 볶아줍니다.

볶아준 재료와 모짜렐라치즈를
또띠아에 넣고, 돌돌 말아 오븐에 구워주면..

(180도에 4-5분)

치킨또띠아 완성!

점심시간

이런게 사람 사는 냄새지~

짧은 시간, 스치듯 지나가는 인연이지만,

회사 다니면서 느끼지 못했던 인류애라는 것이 생겼다!

행운의 네잎클로버

"산책하다가 우연히 발견했어요!"

단골손님이 오셔서 계산을 하시면서 네잎 클로버를 보여주셨다.

나는 "와! 엄청난 행운이 오려나 봐요!"라며 신기해했다. 그러자 손님은 "그 엄청난 행운 가져가세요! 제가 드릴게요" 하시며 나에게 흔쾌히 건네 주셨다. 빵집에서 일하면서 처음 받은 선물. 그것도 무려 행운이 담긴 것이라니!

회사 다닐 때는 다들 각자 본인의 이익을 위해 살고 있다고 생각했다. 내 눈에는 손해 보지 않으려는 사람들뿐이었다. 그런데 알바를 하면서, 그동안 회사에서는 절대 느껴볼 수 없었던 따스함을 짧은 순간 스치는 손님을 통해 느꼈다.

사실 생각해 보면… 직장 생활하는 것이나 알바를 하는 것이나 비슷할 것이다. 돈을 위해서 일하는 거니까. 직장 생활할 때에는 손해 보지 않기 위해 내 것을 챙기기 급급했고 그렇게 일을 하다 보니 '이렇게까지 일을 해야 하나' 싶을 정도로 너무 지쳐 버렸다. 그런데 알바를 하면서 혼자 다 가져도 부족한 <행운>을 흔쾌히 건네주는 손님을 만나니 놀랐다.

그저 돈을 위해 일하는 거라고 생각했는데 오늘 하루는 돈이 아닌 '사람'을 위해서 일한다고 느꼈다!

'거절 버튼'이 있다면 좋겠네

어느새 알바 일도 능숙해졌고, 이제는 무슨 일이든 잘 헤쳐나 간다고 생각했다. 그런데 가끔 빵집에 영업하러 오는 판촉직원을 만나면 나는 그대로 얼어버린다.

회사 다닐 때도 그랬다. 하루는 밤샘 근무 끝내고 감긴 눈으로 퇴근하려는데 건강즙 판매하는 직원이 찾아왔다. 피곤에 쩔어 있는 내 모습을 보더니 "어머, 너무 피곤해 보이네! 이럴 때 건강즙 먹으면 훨씬 좋을 거예요!"라고 했다. 판촉직원의 성화에 못 이겨 정기 구매를 할 뻔한 순간, 다행히도 상사가 나타나 나를 구해주었다.

밖에서 그런 사람들을 만나면 눈도 안 마주치고 도망치듯 피하면 되지만 일터에서 만나게 되면 나는 방어력을 잃고 나도 모르게 얘기를 다 들어주게 된다.

스팸 전화가 오면 받지 않으면 되는 것처럼, 판촉직원이 왔을 때에 거절할 수 있는 '거절버튼'이 있으면 좋겠다!

여기도 있었어!

빵을 잔뜩 사가는 손님이 왔다.

갑자기 나에게 신문을 줬다.

신문 이름을 검색해보니
사이비 단체의 신문이었다...

여긴 없는 줄 알았는데 또 만났네...

인터뷰 요청

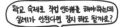

당황했지만 간단한 질문이라길래 응했다.

사장님께 차츰차츰 설명을 드려
사장님이 인터뷰를 마무리했다.

내 생애 첫 인터뷰인 줄 알았네~

개띠랑 인터뷰

그래서 준비한 개띠랑 인터뷰!

Q. 개띠랑이 선정한, 가장 맛 좋은 인생 빵은 무엇인가요?
A. 치과 갔다 오는 길이면 엄마가 꼭 사줬던 '카스테라 꽈배기 빵'이요! 다른 빵에 비해 병원 추억이 많아서 더 기억에 남아요!

Q. 빵집에서 일하면서 빵이 더 좋아졌나요?
A. 네! 빵이 어떻게 만들어지는지 알게 되고 갓 나온 맛있는 빵을 먹으니 더 좋아지네요! ^^

Q. 빵이 싫은 순간도 있나요?
A. 포장할 때 제 마음대로 안 될 때가 있어요. 시럽이 많이 묻은 빵이라든지, 속이 꽉 찬 빵을 포장할 때면 잠시 싫어질 때가 있어요. 아주 잠시요! (빵아, 미안…)

Q. 개띠랑의 희로애락에 어울리는 빵이 있다면 무엇인가요?
A. 기쁠 때는 폭신폭신 몽글몽글한 슈크림빵을 먹으면 기쁨이 배가 돼요. 화날 때는 갓 나온 식빵을 뜯어 먹으면 화가 풀리고요. 슬플 때는 달콤한 몽블랑을 먹으면 좀 위로가 돼요. 즐거울 때는 어떤 빵을 먹어도 행복하죠! ^^

반가움 시그널 뿜뿜

회사 다닐 때는 수많은 직원 중 나와 같이 일하는 팀원 이름만 외웠다. 타인에게 관심 주지 않아도 그저 내 할일만 잘하면 됐다.

그런 내가 주말을 제외한 평일 7시간씩 빵집에서 일하다 보니 외우게 되는 포인트 번호들이 있다. 짧게 스치는 손님들의 번호를 외웠다는 건 아주 대단한 일이었지만 손님들이 불편하지 않을까 하는 소심한 생각에 내가 먼저 아는 척하지는 않는 편이었다.

그런데 생각해 보면, 회사에서 내가 먼저 아는 척을 하면 상대방은 늘 반가워해 주었었다. 그러자 내가 손님들에게 먼저 친근하게 다가가면 손님들도 빵집에 더 많이 올 것 같다는 생각이 들었다.

하루는 용기를 내어 내가 먼저 포인트 번호를 말하며 확인했더니 손님 대부분은 어떻게 그걸 기억하냐며 놀랐고, 기억해줘서 고맙다고 했다. 짧은 시간, 스치듯 지나가는 인연이지만 오고 가는 정이 느껴지는 순간이었다.

오늘도 나는 나만의 반가움 시그널을 뿜뿜 해본다!

포인트 번호가 뭐예요?

같은 번호

핸드폰 뒷자리로 포인트를 적립하다보니
재미난 일이 많이 생긴다.

배려

나를 찾아주는 손님

12시부터 1시간 동안 점심시간이다. 집이 바로 근처이기 때문에 나는 집에 가서 점심을 먹고 온다. 그런데 사장님이 말하길, 내가 점심 먹으러 가면 손님들이 나를 찾는다는 것이다.

직장을 다니면서 나는 내 이름이 불리는 순간을 썩 유쾌하게 생각하지 않았다. 내 이름이 불린다는 것은 일 하나가 더 얹어지는 것과 같았기 때문이다. 내 이름이 불리면 긴장이 되고 온몸이 경직되었다.

그런데 빵집에서 일하면서 손님들이 나를 찾을 때는 이상하게도 기쁘고 뿌듯한 마음이 들었다. 손님들이 나를 찾으면 내게 일거리가 늘어나는 거는 회사와 똑같은데 왜 이렇게 다른 마음이 드는 건지…

가족처럼 반갑게 대해 주고, 나의 안부를 물으며, 내가 있어서 빵집에 온다고 하는 손님들. 빵집에서 일하며 '내가 지금 잘 살고 있는 걸까' 고민하며 마음이 무너질 때가 있는데 나를 찾아주는 손님들 덕분에 나는 다시 마음을 다잡는다.

언니가 없어!

내가 점심 먹으러 가면 사장님이 매장을 본다.

내가 없고, 사장님이 있어 나를 찾았다고 한다.

계산할 때 까지도 나를 찾아
사장님도 말을 해줬는데,

나가면서도 나를 찾았다고 한다.

갈팡질팡

회사에서 가장 고통스러운 순간은 바로 점심시간이었다. 막내인 나에게 점심 메뉴를 고르라는 선택권을 주셨는데 각자의 입맛도 생각하고, 전날과 겹치지 않는 메뉴까지 고려해야 해서 결정하기 너무 힘들었다. 내가 가장 갈팡질팡하는 순간이었다. 결국 상사들이 메뉴를 선택하게 되었고, 일주일 내내 한 가지 음식만 먹은 적도 있다.

그런데 알바를 해 보니 갈팡질팡 손님이 많다는 것을 알게 되었다!

- 빵 잘라드릴까요?
- 아니요, 괜찮아요. → (빵 묶는 중) 아, 아니다! 잘라 주세요.
  → (빵 끈 다시 풀고 있음) 아앗, 죄송해요. 그냥 주세요!

나도 선택을 바로 하지는 못하는 성격이라 손님들을 이해하기는 하지만 막상 내가 일할 때 갈팡질팡한 손님과 부딪히면 힘들다는 것을 오늘도 느낀다!

텔레파시

"이런 느낌 아닌데… 좀 색다르게! 말 안 해도 알잖아? 무슨 말인지 알지?"

내가 작업한 디자인을 팀장님에게 컨펌 받으러 가면 팀장님은 저렇게 말하고는 했다. 말 안 해도 알 수 있는 방법은 없었다. 그런데도 팀장님은 늘 나에게 텔레파시를 요구하시는 것 같았다.

그런데 빵집에서도 텔레파시를 받았으니…!

평소에 손님에게 빵을 자르는지 물어본 뒤 먹기 좋게 잘라드린다. 이날도 여쭤봤고 손님은 핸드폰을 하면서 대답을 해 주셨기에 평소처럼 빵을 잘라 드렸다. 그런데 손님이 돌아가고 10분 뒤 빵집으로 전화가 왔다.

"아니, 빵을 잘못 잘랐어요!"

이런 경우는 처음이라 당황했지만 교환해드릴 테니 오시라고 했다. 그런데 막상 빵을 봤는데 빵에는 아무 문제가 없었다.

"특별한 요청이 없으시면 평소처럼 먹기 좋게 잘라드려요. 아까 별다른 요청이 없으셨는데…"

"아… 아까 샌드위치 한다는 걸 속으로 생각하고 말을 안 했구나!"

이렇게 텔레파시는 오늘도 통하지 않았다. 아니, 영원히 통할 수 없다!

이런 식빵!

가끔 빵집에서도 기상천외한 일들이 벌어진다. 나의 하루가 흔들릴 만큼 내 기분을 망치기도 한다. 표정이 좋지 않을 때마다 사장님은 무슨 일이 있는지 물어보셨고 나는 사장님께 속상함을 말씀드리고는 한다.

"띠랑 씨, 그럴 때는 욕을 시원하게 해 봐! 그럼 훨씬 기분이 나아질 거야. 욕을 권장하는 빵집, 어때?"

이렇게 사장님이 내 마음을 알아주니 속상한 상황은 저 멀리 사라지고 마음은 편해진다. 마음을 알아주는 사람과 함께 한다는 건, 거친 사회생활도 버틸 수 있는 힘이 생기게 해주는 것 같다. 그 힘이 모이고 모여서 오늘도 하루를 버틴다!

내 마음도 모르고

내가 대답을 고민하는 사이,

다 먹어본 나로서는 울컥하여,
간단하게 답해드렸다...

나는 맛을 다 알지

한 할머니 손님이 오시더니 생크림 롤이 무슨 맛인지 물어보셨다. 설명을 드렸더니 "네가 어떻게 알아? 먹어 봤어?"라고 하시는 것이 아닌가? 당황했지만 이번에는 당당하게 말했다.

배가 아픈데…

회사에선 앉아만 있으니
아파도 티가 덜 났다.

그런데 하루종일 서있어야하니
아파도 티내지 않으려했는데..

생리통은 참을 수가 없었다.

다양한 주문을 걸며 참아보려했지만,

점점 더 통증이 심해지면서,
다리에 힘이 풀리고 식은땀이 났다..

이런 날은 서있는게 힘들다...

지웅이 엄마

이렇게라도 도와드리고 싶었다.

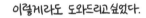

막무가내

　손님이 빵을 다 고른 후 계산을 하려는데 갑자기 계산대 옆에 가까이 있는 슈크림 빵을 보더니 "어머! 슈크림 빵 맛있겠다! 나 이거 서비스로 하나만 줘요!"라고 했다. 순간 너무 당황해서 아무 말을 못하고 서 있으니 "이제 이사 오니까 많이 올 거예요. 단골 될 수도 있는데 그냥 하나 줘요!"라고 하셔서 말문은 더 막혔다. 순간 뇌의 회로가 정지됐다고나 할까.

　직장 다녔을 때가 생각난다. 직장 상사 중에 하나가 본인이 하기 싫은 일은 나에게 넘기며 "띠랑 씨, 잘하네! 이것도 하나 더 해 봐!"라며 막무가내로 넘기는 경우가 있었는데…!

　어딜 가나 막무가내인 사람은 존재하는구나… 알바생도 직장인과 다를 게 없다는 걸 느낀 하루였다!

그냥 주세요…?

사회생활을 시작하면서 나는 다짐했던 게 있다.

'무슨 일이 있어도 금방 훌훌 털어버리자! 어떤 일도 크게 신경 쓰지 말자!'

하지만 늘 그렇듯 회사 생활을 할 때나, 알바를 할 때나 마음대로 되지는 않는다. 특히 억울한 일을 당했을 때는 더욱!

하루는 내가 빵을 자르고 있는 사이 한 손님이 같이 온 일행에게 "여기는 봉툿값을 받는데?"라고 했다. 비닐봉투 유상 제공이 시행된 지 벌써 꽤 되어 다른 매장들도 그럴 텐데 왜 '여기는'이라고 표현하는 것인지 이해가 가지 않았다.

빵을 다 자르고 나는 "봉투 필요하세요?" 여쭤봤더니 갑자기 사장님을 소환했다. 나는 매뉴얼대로 물어봐야 할 것을 물어봤을 뿐, 잘못한 게 없는데 말이다. 갑작스러운 사장님 호출에 어리둥절하고 있는데, 손님은 사장님께 이렇게 말했다.

"나 단골이잖아요. 봉투 두 개만 그냥 줘요!"

사회생활

7살 정도로 보이는 어린이 손님이 오자마자 나를 빤히 쳐다 보더니 이렇게 물었다.

"사회생활 안 힘드세요?"

비꼬는 게 아니라 정말 궁금해서 물어본다는 걸 알 수 있었다. 나는 아이에게 솔직하게 말하고 싶었다.

'죽을 만큼 힘들지…'

하지만 자라나는 새싹에게 돈 버는 일이 얼마나 힘든 것인지 벌써부터 알려주고 싶지 않았다. 그냥 아직은 일단 동심을 지켜 주는 것으로!

"음… 괜찮아요…!"

숨기고 싶은 진실

진짜 어른이 되었나 봐!

20대 초반에 직장생활을 시작했을 당시 회사 상사들과 적게 는 5살, 많게는 12살 정도 차이가 났다. 그러다 보니 마치 친척 어른들을 만났을 때 들었던 명절 잔소리처럼 대화가 똑같이 흘 러갔다.

"애인은 있니? 좋은 나이에 연애도 해야지! 벌써부터 돈 모아 서 뭐하게. 벌어서 놀아! 그게 남는 거야!"

그럴 때마다 나는 '네, 다음 꼰대. 할 말 없으면 하지 마세요!' 라고 생각하고는 했다. 내가 선배가 되면 그런 얘기는 절대 하지 않겠다고 다짐도 했다.

퇴사 후 알바를 하던 어느 날, 나랑 마감 교대하는 친구가 아 쉬움 가득한 목소리로 말했다.

"대학 새내기인데도 코로나 때문에 학교에 가지도 못하고 종 강해버려 해보고 싶었던 과팅도 못하고, 남자친구도 못 사귀었 어요!"

"에이, 괜찮아! 곧 학교 가면 다 생길 거야!"

아… 나도 모르게 직장 상사의 모습이 되어 대학 새내기에게 꼰대 짓을 하고야 말았다. 그런 내 자신에 깜짝 놀라 서둘러 입 을 다물었다.

사장님은 투 머치 토커

사장님은 투머치토커이다.

... 내가?

그래서 말하는게 조심스럽지만,
나도 오그게 실수를 해버렸다.

사장님, 손성이 빵 너무 맛있다고
경력이 오래되신분이냐고 하셨어요.

내가 고등학생 때부터 빵 만들어야겠다고
생각했는데 벌써 20년이 지났네...
그때는 말이야 어쩌구 저쩌구...

탁   탁

30분 후

그땐 별걸 다 배웠었다구
어쩌구 저쩌구~

아하~
그러셨구나~

1시간이 지났지만 끝나지 않은 이야기..

네.. 네..
네.. 네..

나 처음에
가게 차렸을때도
진짜 힘들었어..
밤새고 ~~

이것 또한 사회생활이겠지...

와...

반품

오전에 단팥빵 세 개를 사간 손님이 2시간 후 다시 찾아왔다.

"단팥빵 하나 먹었는데 배가 불러서 더 못 먹겠어요. 반품해 주세요."

하… 세상에 참 별일도 많고, 별사람도 다 있다고는 하지만 이런 경우는 처음이었다. 빵집에서 반품은 제품에 문제가 있지 않은 이상 하지 않는 일이니 반품이 안 된다고 설명을 드렸는데도 불구하고 손님은 계속 반품을 해 달라고 졸라댔다. 손님을 반품하고 싶은 심정이었다!

그런데 가끔 사장님도 반품하고 싶다는 생각을 종종 한다. 사장님과 단 둘이 있다 보니 별의별 이야기를 다 듣게 되는데 한낱 직원인 내가 고된 자영업자의 고충까지 듣고 있자니 정말 진이 빠질 때가 있다. 사장님이 힘든 건 이미 충분히 다 알아들었고, 고난에 고난이 더해진 이야기는 이제 그만 좀 들었으면 좋겠는 심정이다. 사장님의 이야기를 마냥 듣고 있다 보면 나도 같이 위기에 놓인 것 같은 기분이 든다.

회사나 알바나 상사의 듣기 싫은 이야기까지 다 듣고 있어야 하는 것은 똑같지… 이 세상을 살아가면서 '반품' 기능이 있다면 세상만사 행복하고 맘 편히 돌아갈지도!

당황스러운 별난 일이 있어도 '반품'하는 상상을 하며 하루를 흘려보낸다.

영업과 소신 사이

사회에서 생존하려고 직장 상사가 하는 말과 행동이 내 마음에 들지 않아도 무조건 좋다고 반응할 때가 많았다. 빵집에서 일하면 이렇게 남의 비위 맞추는 일은 없을 거라고 생각했다. 그런데 손님과 마주할 때 사회생활 생존법이 적용되고는 한다.

처음 온 손님들은 나에게 어떤 빵이 맛있는지 물어보거나, 이빵과 저 빵 중에 어떤 게 더 단지, 덜 단지 등에 관한 질문을 한다. 그럴 때마다 나는 여기 소속된 직원이니까 무조건 다 맛있다고 해야 할 지, 아니면 내가 먹어봤을 땐 별로인 빵은 솔직하게 말을 해줘야 할지 고민이 된다. 영업과 소신 사이에서 갈팡질팡한다고 해야 할까?

역시 직장인이나 알바생이나 남의 돈 받으며 일할 땐 사회생활 생존법을 대입하는 건 똑같다…!

이 빵 달아요?

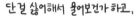

(다음 번 만회할 기회가 생김)

크림빵
달아요?

네! 달달한 편이라
달달한 빵 좋아하시면, 맛있게 드실 수 있어요.

자신감

뿜뿜

단 걸 최대한 안 먹으려고 했는데,
다른 걸 골라야겠네요..

에휴.. 이번에도 실패... 어렵다...

그러던 어느날, 이것저것 둘러보더니
한 빵 앞에서 던진 질문!

이 빵
달아요?

(이번엔 잘 대답해야겠다는 부담감에)
악악.. 다.. 달아요..

삐걱   삐걱

다행히 이번엔 사가셨다.

달달한 빵
먹고 싶었는데,
잘됐다!

부캐 전성시대

회사에서는 나를 '띠랑 씨', '막내 감독', '막내', 혹은 '쟤' 아니면 '걔'로 불렀다. 빵집에서도 일하다 보면 남녀노소 가리지 않고 다양한 손님을 만나게 되고 손님들은 나를 다양한 호칭으로 부른다. 사장님이 나를 부르는 "띠랑 씨"를 시작으로, "아가씨, 언니, 누나, 사장님, 이모, 아줌마"까지. 다른 거는 다 괜찮았지만 아줌마는 정말 깜짝 놀랐다. 흑.

부캐의 전성시대라고 하는데, 본의 아니게 빵집에서 여러 부캐를 획득하고 있는 중이다!

나이 먹는 게 두려워

어렸을 때 무조건 나이를 빨리 먹어서 어른이 되고 싶었다. 나 혼자 할 수 있는 일이 늘어날 테니. 그런데 막상 나이를 먹고 사회생활을 해 보니 혼자 할 수 있는 일은 많아졌지만 그만큼의 책임과 부담도 커졌다.

직장을 그만두고 당장 내 생계를 꾸려나가고 내 보금자리를 마련하는 과정, 내가 부당한 일을 당했을 때 정당하게 따지고 내 몫을 챙기는 일 등등 체감하는 일이 많아졌다.

아직 진정한 어른이 되기에 부족하다고 생각하는 나는, 언제쯤 나 혼자 잘 살아갈 수 있는 힘이 생길까? 이제 나는 나이 먹는 게 두려워진 '어른이'가 되었다.

몇 살로 돌아가고 싶어?

친구와 나이에 대해 이야기를 나눈 적이 있다. 친구는 나에게 물었다. 몇 살로 돌아가고 싶으냐고.

"음… 나는 20대 중반이 좋은 것 같아. 그때는 야근도 많고 회사가 너무 바빠서 놀 생각을 할 수가 없었거든. 그래서 나에게는 아쉬운 나이라고 생각이 들어."

회사 다닐 땐 '돌+I 질량 보존의 법칙'을 예로 들며 '이상한 사람은 다 겪었다!'고 생각했다. 그런데 알바를 해보니 '아, 이곳이 진짜 세상의 축소판이구나!'라는 생각이 들 정도로 다양한 사람을 만나게 된다. 직장인이나 알바생이나 다 똑같지 뭐.

그때의 나로 다시 돌아갈 수 있다면, 퇴근 후 피곤하다며 집에서 잠만 자던 나를 흔들어 깨워서 여기저기 구경하고, 친구도 만나고, 여행도 다니라고 말하고 싶다.

미래의 나는 어떤 일을 하고 있을지는 모르겠다. 그렇지만, 어느 상황에서도 잘 대처할 수 있도록, 더욱더 많은 경험을 하는 게 좋겠다고 생각한다.

제자리걸음일까?

나는 사회로 나오기 위해 누구보다 빨리 달렸고, 성공했다고 생각했다. 탄탄대로만 걸을 것 같았던 내 사회생활에 '일시정지' 버튼이 눌린 후 지금은 알바 인생으로 살고 있다.

어느새 뒤를 돌아보니 아무도 없고, 나만 빼고 다들 탄탄대로를 빠르게 가고 있는 것 같았다. 취업을 하고, 회사를 다니고, 좋은 사람 만나서 결혼을 하는 그런 탄탄대로 말이다.

'이럴 바엔 그냥 알바가 낫지!'라는 생각으로 퇴사를 했지만 남들이 볼 땐 그냥 나는 알바생이고, 다시 엄마 품으로 돌아온 캥거루족일 뿐인 것 같다는 생각이 종종 든다.

제자리걸음만 걸으며 계속 한자리만 뱅뱅 맴도는 기분…

이런 생각이 나를 찾아올 때는 그냥 가만히 누워 내가 꿈꾸는 내 미래의 모습을 상상해 본다. 내가 살고 있는 삶이 너무나도 커서 비록 지금은 제자리걸음처럼 보이지만 나는 한 발 한 발 나아가고 있는 것이라고…

'멀리, 아주 머어얼리 우주에서 떨어져서 보면, 앞으로 한 발짝씩 움직이고 있는 거겠지?'

나름 열심히 살고있다고 생각했는데,
문득 의문점이 들 때가 있다.

네일아트를 하는 동안 소소한 이야기를
나누게 된다.

무슨 일
하세요?

저는 회사 다니다가
그만두고 빵집 알바하고 있어요.

엇, 저도 원래 3년 정도 회사 다니다가
그만두고, 빵가게 알바하면서
내가 잘하는게 뭐였지 하다가
가게 차린 거예요~

쌤 얘기를 들으니 의지가 타올랐다.

나만 그런
고민을 한게
아니구나...

없으면 뭐 어때!

　미용실이나 네일샵을 가면 원장님과 다양한 이야기를 나누게 된다. 같은 서비스업이라 그런지 내 이야기도 잘 들어주시고 인생 선배로서 조언도 해 준다. 하루는 내가 빵집에서 있었던 진상 손님 에피소드를 말했더니 "그냥 그런 사람은 나와 성향이 다른 거라고 생각하고 넘겨요. 말하는 게 자기 인성을 나타내는 거니까 신경 쓰지 말고요!"라고 하셨다.

　아… 그렇지… 나와 성향이 다르다고 무조건 욕할 필요는 없는 거니까. 그저 '이런 사람도 존재하는구나… 이런 일도 생길 수 있구나…'라고 생각하면 되는 거였다!

　직장에서도 친분을 나눌 수 있는 사람이 있었다면 어땠을까. 커피 마시며 상사 욕도 하고, 일이 막힐 때는 의논도 할 수 있는 그런 사람…

　그런 동료가 있었으면 했는데 다들 자기 일하느라 바빠서 옆에 있는 사람을 신경 쓸 여유가 없었다. 그런 것이 힘들어서 회사를 그만뒀지만 이제는 각자의 힘든 상황을 이해하는 내가 되었다.

　마음을 나눌 수 있는 사람이 있다면 좋겠지만 없다면 뭐 어때! 내가 나를 위로하면 되는 거지!

작은 빵집

※개띠랑을 찾아보세요※

내 움직임에 따라 손님들도 함께 이동했더니,

갑자기 분위기 내가 손님…?

들어가기 싫다

문 닦으러 나왔는데, 하늘이 너무 맑고 깨끗해서...

다 집어던지고 어디로든 떠나고 싶었다.

하지만 남의 돈 벌려면 열심히 해야지..

회사냐...   알바냐...

그런데 들어가긴 너무 싫다...

가'족' 같은 빵집

빵집에서 일한 지 어언 2년 차가 되었다. '알바는 잠시 스쳐가는 곳! 빨리 내 일을 찾아가 보자!'라고 생각했었는데.

내가 생각했던 사장이란 사람은 한 회사를 대표하는 위엄있는 어려운 존재였다. 그래서 처음에 사장님과 둘이 일할 때에는 어딘가 좀 불편했다. 그런데 막상 일해보니 사장님은 친근하신 분이셨고, 내가 실수를 해도 "괜찮아. 그럴 수 있지 뭐!"라며 너그러우셨다.

"가족처럼 편하게 해. 일도 쉬엄쉬엄하고!"

하지만 막상 내가 진짜 쉬엄쉬엄하면 눈치가 온다. 아주 잠깐, 손님 없는 찰나에 핸드폰을 만지작거리면 어디선가 뜨거운 시선이 느껴진달까?

그렇지. 사장님은 나에게 가족'처럼' 편하게 대해 주시는 것이니까. 직장을 다니나 알바를 하나, 사장님들은 나와 진짜 가족은 아니니까!

쉬엄쉬엄 해

작고 귀엽고 소중한 월급

월급이란 말만 들어도 언제나 설렌다. 누구든 그렇겠지만.

회사 다닐 때의 월급은 작고 귀여웠다. 물론, 알바하면서 받는 월급은 더 작고 귀여워졌다. 하지만 너무나 소중한 월급! 내가 애썼던 순간을 토닥이는 존재 같다고나 할까? 내가 살까 말까 했던 것들을 결제하는 순간! 그걸로 한 달간의 고통은 씻은 듯이 해결되고 날 토닥여준다.

오늘도 난 작고 소중한 월급을 생각하며 열심히 일을 한다!

더 작고 귀여워진 내 월급이지만,

살까 말까 수만번 고민하게된다.

하지만 고민은 배송만 늦출 뿐!

앉아서 일하기 VS 서서 일하기

앉아서 일했을 때,

통증을 얻었습니다.

서서 일하니,

통증이 추가되었네요.ㅠㅠ

짭짤 고소한 명란바게트 한입 먹고,

맥주 한 잔 마시면 꿀 조합!

오후 근무

마냥 좋은 건 아니네...

다시 달려보니 그냥 나는 알바생일 뿐

제자리걸음만 걸으며

계속 한자리만 뱅뱅 맴도는 기분이 든다.

노동요

직장생활을 할 때 노동요라고 부를 만한 것은 딱히 없었다. 카페에서 마시는 아주 단 초콜릿 음료 한 잔이 노동에 지친 나를 힘 나게 할 뿐이었다.

알바를 할 때에는 속으로 노래를 흥얼거리며 지친 마음을 달래는데 '그 노래'가 나오면 힘이 생긴다. 바로 바로 '청하'가 부른 ⟨PLAY!⟩.

이 노래를 듣는 순간, 내 손은 휘리릭 날아다닌다. 과연 이 노래를 이길 만한 노동요를 발견할 수 있을 것인가!

각자의 속도

학교와 직장에 들어가고, 결혼하고 아이를 낳는 것도 사람마다 각자의 속도가 있다. 하루를 살아가는 속도도 저마다 다를 것이다.

내가 일하는 곳은 워낙 작은 빵집이기에 먹고 가는 자리 없이 포장 판매만 한다. 포장 판매만 하니 수월하겠다고 생각하겠지만 내 대답은 NO! 손님이 하나둘 늘어나면 순식간에 대혼란이 되어 나는 '빨리빨리' 정신으로 포장도 빨리, 계산도 빨리 해내고는 한다. 이 분야에서는 최고라고 생각하며 일하는 중이다. 그러던 어느 날, 나의 속도보다 더 빠른 사람을 만났다!

롤 케이크 포장을 주문한 손님은 내가 포장 박스를 들자마자 카드를 건넸고 '빠른' 계산을 원했다. 나는 한 손에는 상자, 다른 손에는 카드를 든 채 멈춰버렸다. 내 '빠른' 속도에 오류가 생긴 것이다. 그 손님은 자신의 '빠른' 속도에 따라주지 않는 나를 답답해했고 "포장도 계산도 느리네…"라고 했다.

각자 자신의 속도로 살아가는 이 세상. 남의 속도에 맞춰 살아가려 조급하다 보니 이렇게 오류가 생길 수밖에. 나의 규정 속도에 맞춰서 페이스를 잃지 않도록 중심을 잡고 살아야겠다는 생각을 다시 한 번 해 본다.

어디까지 친절해야 할까?

"우리는 동네 빵집이어서 소문 한번 잘못 나면 끝이야. 알지? 손님들한테 항상 친절하게 해 줘요!"

사장님은 개업하는 날부터 나에게 이렇게 말씀하셨다. 그 말을 항상 되새기며 일을 하지만 나의 다짐을 깨부수는 손님은 종종 찾아온다.

나는 살면서 사람들과 부딪치는 걸 좋아하지 않는다. 갈등이 생겨도 좋은 게 좋은 것이라고 생각하고 그냥 내가 참는 편이다. 회사 다닐 때에도 마찬가지였다. 화가 나는 일이 있어도 꾹 참고 친절하게 행동했고 그게 쌓여서 스트레스가 되기도 했다.

빵집 알바생인 지금도 내 마음을 숨기고 친절해야만 하는 순간이 많다. 하지만 언제나 일은 내 뜻대로 되지 않듯 나의 다짐을 깨부수는 손님이 온다. 쟁반에 직접 빵을 담아 가져오는 것이 아니라 나에게 지시를 하는 손님, 눈앞에 쟁반이 있는데도 본인이 꼭 빵을 쟁반에 담아 갖다줘야 하는 거냐고 묻는 손님, 단골될 테니 서비스 빵 하나 달라는 손님…

'하… 때려치고 싶다!'

그만하고 싶다는 마음은 인간의 본능이 아닐까? 그래도 일이 없으면 또 무료해서 일하고 싶어지겠지. 도돌이표 같은 인생.

문득, 나는 어디까지 친절해야 하는지 궁금해진다.

'그런데, 사장님. 친절… 때려치면 안 될까요?'

친절의 선

모든 상황에서 갈등 없이 잘 지내는 사람이 있을까?

회사 다닐 때에는 늘 나만 꾹 참다가 끝내 더 큰 문제가 생기기도 했다. 내 성향이 그런 건지 알바 하면서도 속상한 일이 생길 때마다 참기만 하니 그만두고 싶다는 생각만 점점 커져 갔다. 나만 친절하게 행동해봤자 상대방은 알지도 못하고 오히려 나에게 요구사항만 점점 늘어갈 뿐이었다.

어딜 가나 적당한 친절이 필요하다. 친절하게 행동하지 않을 수는 없겠지만 과할 필요도 없다. 갈등이 생겼을 때에는 거짓 친절 없이 나의 감정을 어떻게 잘 이야기하는 것도 중요하다는 것을 배워간다.

고장난 포스기

1분 전까지만 해도 작동되던 포스기가 갑자기 먹통이 됐다. 그때 빵을 다 고른 손님이 계산을 해 달라며 쟁반을 내밀었다. 머릿속에 블루 스크린이 떠버리며 나도 같이 먹통이 돼버렸다.

그래, 나는 사람이다! 고장난 기계 따위에 질 수 없지!

재빠르게 암산을 시작해 겨우 계산을 마쳤다. '휴… 다행이다'와 '그럼, 나는 할 수 있지!'라는 마음에 뿌듯했다. 그런데 손님이 가시고 나서 혹시나 싶어 핸드폰 계산기로 다시 계산해 보니 800원이나 덜 받았다는 걸 알게 됐다…!

기계에 지배당한 인간이 여기 있었네!

암산 실패

:(
갑작스런 암산 시도에
문제가 발생하여 다시 시작해야합니다.

손님이 가고난 후 생각난 핸드폰 계산기

빨리   계산기

그런데 800원을 덜 계산했다!

기계에 지배 당했다....

절레   절레

타이밍

"아… 빵집 앞을 지나다니는 사람이 하나도 없네!"

계속 "속상해!"를 외치던 사장님이 잠시 화장실을 갔다. 그리고 그 10분 사이에 손님이 왕창 왔다 갔다! 몰아쳐도 이렇게 몰아칠 수 없었고 나는 혼이 쏙 빠졌다.

10분 뒤 사장님은 다시 돌아왔고 빵집엔 아무도 없었다. 그리고 사장님의 "속상해!"는 계속 됐다.

하… 나는 진짜 바빴는데! 인생은 타이밍이라더니… 이렇게 빵집에서 또 인생을 배운다!

사장님 언제 오세요?

숨겨진 나의 영어 실력

회사 다닐 때는 해외 출장을 많이 다녔었다. 그때 내가 영어를 못해도 통역사가 있었고, 직장 상사가 해외 담당자를 직접 상대했기 때문에 내가 사람들과 영어로 말할 일은 거의 없었다.

한때는 직장 다니면서 영어 회화 학원도 열심히 다니며 해외에서 일하는 나를 상상하기도 했는데 직장을 그만둔 후 알바를 하면서 영어 쓸 일은 전혀 없었다. 게다가 작은 동네에 있는 작은 빵집이다 보니 외국인 만날 일은 더 적었고.

그런데, 우리 빵집에도 외국인 손님이 찾아왔다! 나는 '아, 드디어 올 게 왔군! 나의 숨겨진 영어 실력을 발휘해보겠어!'라고 생각하며 손님을 반겼다.

그러자 손님은 나를 향해 폭풍 영어를 쏟아냈다. 아마 무슨 빵인지 설명해 달라는 것 같았다. 반겼던 나의 마음은 점점 작아졌고 내 입은 점점 닫혀만 갔다. 번역기에 의존해 겨우겨우 빵을 팔고 한숨을 돌렸다.

그래. 역시 세상은 내 뜻대로 돌아가지 않지. 호락호락하면 재미없고말고!

외국인 손님에게 제대로 된 설명을 하지 못해 영어 자신감은 뚝 떨어졌다. 그리고 몇 달 뒤 빵집에 또 외국인 손님이 찾아왔다. 잔뜩 긴장했는데 다행인지 불행인지 이번 손님은 빵 설명을 부탁하지 않았다.

'그래, 오늘은 무사히 넘어가는구나!'

긴장감을 숨기며 최대한 미소를 유지하며 계산을 했다. 총금액을 말하니 돌아오는 대답은 유창한 한국말! 한국어가 이렇게 반갑게 들리는 것도 처음이었다.

"아잇! 이번에는 영어 한번 써보나 했더니 정.말. 아.쉽.네!"

괜한 허세 한 번 부려보며 다시 자신감을 높여 본다.

꿈이 아니었네…

오픈 준비를 부랴부랴 하고있는데,

손님이 들어왔다.

한참을 고민하시더니…

갑자기 폭풍 영어 질문이 쏟아졌다.

나는 꿈꾸는 줄 알았다...

하지만 꿈이 아니었고...

오랜만에 영어로 말하려니 당황했다.

그렇게 어찌어찌 빵을 골라 계산까지 잘 마쳤다.

어린이 심부름

7살쯤 돼 보이는 아이가 어린 동생 2명을 데리고 빵을 사러 왔다. 동생들을 다 챙기며 빵을 골라 야무지게 계산까지 하는데 어른인 나보다 낫다는 생각이 들 정도였다.

지금은 작은 빵집에서 혼자 일하는 알바생이지만 가끔 내가 하고 싶은 일, 혹은 하고 있는 일을 함께 할 수 있는 사람이 있다면 얼마나 좋을지 생각을 해 본다. 그리고 내가 사장의 자리에 있을 때, 저 아이처럼 야무지게 진두지휘하면서 사람들을 이끌 수 있을까라는 생각까지 말이다. 리더의 꿈이라고나 할까?

빵집에서 심부름하는 아이를 본 것이 전부지만, 잠시 타임머신을 타고 빵집 밖에 있는 멋진 '내일의 나'를 그려 본다.

첫 심부름

눈치 게임

눈·비 오면 어김없이 하는 바닥청소.

손님 없는 틈을 타 청소를 다 했더니,

바닥이 마르기도 전에 손님이 왔다.

이번엔 손님이 없어도 청소을 안했더니,

아~~무도 안 왔다.

그래서 바로 청소했더니,

손님이 들어왔다... 헬

오늘은 눈치게임 실패...

자부심!

처음 회사 다닐 때 나는 직업에 대한 자부심이 엄청 컸다. 그런데 시간이 흐를수록 '자부심 따위는 개나 줘버리라지?'라는 심정이 되어가는 나를 발견할 수 있었다.

어느 날, 티라미수를 주문하는 손님 전화를 받고 있는데 사장님이 옆에 서서 우리 빵집 티라미수의 장점에 대해서 말하기 시작했다. '아, 맞아. 우리 사장님은 직접 만든 빵에 대한 자부심이 엄청 낳지!'

나의 왼쪽 귀에선 손님의 예약 문의가 이어지고, 오른쪽 귀에선 사장님이 만든 자부심 뿜뿜 티라미수에 대한 강의가 펼쳐졌다. 대혼란 파티가 벌어진 이 순간!

양쪽 귀에서 피가 나는 것 같았지만, '기업이 크든 작든 자부심이 있어야 이끌어갈 수 있구나!'라는 깨달음을 얻는다.

여긴 버뮤다 삼각지대?

전화 주문이 들어와 통화하던 중,

갑자기 나타난 사장님

이렇게 도망가고 싶은 마음이 들었다.

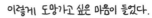

반말하지 마!

처음엔 반말하는 손님인가보다 했다.

빵은 잘라주지?

두번째 손님도 반말을 하길래 뭔가 했다.

얼마야?

반말 손님들이 계속 오니 너무 속상한 하루였다...

저거 뜨거운 빵 맞아?

나의 속마음은...
나도 사회에서 구를 만큼 굴렀다고!

좁아송

솔직한 마음

회사 다닐 땐 일하며 받은 스트레스를 어떻게 풀어야 하는지 몰랐다. 속상한 일이 생기면 나는 그걸 내 마음속에 차곡차곡 쌓아만 갔다. 그것은 고스란히 마음의 상처가 되었고, 지워지지 않는 마음속 흉터로 남았다.

빵집에서 일하는 지금도 당연히 스트레스가 쌓인다. 그런데 나는 해소법을 빵집에 오는 어린이 손님들에게 배우곤 한다. 그것은 바로… 있는 그대로 솔직하게 표현하는 것!

"반말하지 마!"
"집어던지지 마!"
"나도 진짜 화났어!"

작은 문제가 있다면, 속으로 말해야 한다는 것이지만! 훗.

이렇게 해도 돼?

초는 몇 개 드릴까요?

케이크 사가는 손님들께는 초를 몇 개 드릴지 여쭤본다. 개수를 말씀해주는 분들이 더 많지만 종종 탄생 연도를 말하는 분들이 계신다. 갑작스럽게 시작된 암산 타임! 순간 정신이 혼미해지는 것을 느낀다.

'내가 연도 별로 나이를 다 외울 수 있는 것도 아닌데…'

하지만 이제 당황은 노노! 계산기로 뚝딱 계산을 해서 초를 드린다. 점점 빵집에 최적화되는 모습! 직장 다닐 땐 직장 상사가 개떡같이 말해도 찰떡같이 알아들어 직장 맞춤형 인간이 되었었는데 이제는 빵집 맞춤형 인간으로 재탄생하는 순간이다!

나의 고민

나는 소심하다. 그리고 아무도 몰랐겠지만 그 소심함을 치밀하게 잘 숨기는 사람이다. 적어도 사회생활을 할 때에는 기분 나쁜 농담에도 대범한 척, 쿨한 척 행동하며 일처리를 했다. 그래야만 이 거친 사회에서 버틸 수 있었으니까!

하지만 빵집에서 일하면서 내 안의 소심함이 가끔씩 삐질삐질 비집고 나올 때가 있다.

1) 열 살의 초는 어떻게 줘야 하지?

어린이 손님이 케이크를 사 갈 때에는 고민이 된다. 초 부는 걸 좋아하는 나이니까 1살 초 10개를 줘야 할지 10살 초 1개를 줘야 할지 모르겠다!

2) 옷에 벌레 붙은 손님에게 말해줘야 하나?

손님 어깨에 벌레가 붙어 있는 걸 봤을 때는 정말 고민이 됐다. 말을 해 줘야 할 것 같기는 한데 그러면 빵집 안에 벌레가 날아다닐 테고… 벌레는 정말 싫은데!

3) 길 걷다 손님 만났을 때, 인사를 해야 하나…?

동네에 있는 빵집에서 일하다 보니 길을 걷다 보면 손님들과 자주 마주친다. 그럴 때면 어색해도 인사를 해야 할지, 그냥 지나쳐야 할지 모르겠다!

4) K-계산법

　종종 서로 계산하겠다고 여러 장의 카드를 내미는 상황을 만나게 된다. 그럴 때마다 나는 그 사이에서 어떤 카드로 계산을 해야 하나 난감할 때가 있다.

쓸데없는 일은 없다

회사를 벗어나게 되면 그동안 내가 익혔던 업무는 실생활에서 다 쓸모없는 일이 될 줄 알았다. 하지만 쓸데없는 공부는 하나도 없듯이 쓸데없는 사회생활 경험은 하나도 없었다!

직장 상사를 대했던 법으로 빵집 사장님을 대하고, 거래처와 상의하며 낯선 사람과 대화하는 법을 익혔던 것으로 손님을 능숙하게 대할 수 있고, 수없이 만들며 쌓은 디자인 실력으로 빵집 전단지를 직접 디자인해서 제작했다!

만약 내가 사회생활을 단 한 번도 하지 않은 상태에서 빵집 알바를 했다면 매 순간 험난했을 텐데, 회사생활을 하며 견디고, 다지고, 쌓아 올린 내공으로 나는 이 작은 공간에서도 버틸 수 있는 힘이 생겼다는 사실을 깨달았다!

나에게 생긴 능력

회사를 다니고 일이 어느 정도 능숙해질 무렵, 나에게 아주 작은 능력이 생겼다. 그건 바로 식사 메뉴 선정 능력!

처음에 내게 메뉴를 정하라고 했을 때에는 도대체 뭘 시켜야 모두가 만족할지 몰라서 당황했는데 시간이 지나니 나는 상사들의 식성을 캐치해서 모두가 마음에 드는 메뉴를 정할 수 있게 되었다! 아주 작은 능력인 것 같지만 막내였을 땐 이것 또한 사회생활 꿀팁이라면 꿀팁이었다! 먹는 거야말로 사람이 가진 가장 기본적인 욕구를 만족시키는 거니까!

빵집 알바를 하면서는 내 마음대로 서비스를 줄 수 있는 능력이 생겼다! 그전까지는 사장님 지시가 있을 때에만 가능했지만 이제는 내 재량껏 줄 수 있다! 자주 오는 단골손님은 물론이고 귀여운 어린이 손님에게도 준다.

회사 다닐 땐 사회생활 잘하는 꿀팁을 알고 있어 뿌듯했다면, 지금은 비록 내 가게는 아니지만 내 가게처럼 생각하게 되는 능력이 생겨서 뿌듯하다.

사장님은 저걸 준다고?

초코케이크를 예약하는 손님이 왔다. 계산까지 마쳤는데 손님의 당당한 목소리.

"근데, 저는 케이크 예약했는데 서비스 빵 안 줘요?"

"네?" 하는 순간, 특정 빵을 가리키며 "사장님은 빵 사면 저거 주던데 재료 값이 올랐나?"라며 나에게 당황 카드를 날렸고, "진짜 아무 것도 안 줘요? 케이크를 예약했는데?"라며 3단 당황 콤보를 완성했다.

직장이나 알바하는 곳이나 진상은 꼭 만나기 마련이지만 내 능력을 발휘하지 않는 것도 진짜 내 능력!

직장에서는 나의 미천한 직급 때문에 진상을 처리하는 능력을 발휘하지 못했지만 지금은 서비스 빵을 줄 수 있는 능력이 있음에도 당당하게 요구하는 사람에게는 능력을 발휘하지 않은 내가 멋있게 느껴졌다!

내기준

오늘은 서비스빵 종료되었습니다.

인류애가 사라지는 순간

사회생활 초창기 시절, 사촌오빠가 떡집을 개업해서 떡 선물을 받은 적이 있었다. 떡이 맛있어서 동료들과 나누어 먹으면 좋겠다 싶었다. 그래서 몇 개 사서 회사에도 가지고 갔는데 "나 떡 안 좋아하는데…"라며 거들떠보지도 않고 쓰레기통에 버려버린 동료가 있었다.

가끔 손님에게 서비스 빵을 드렸는데 "이왕 줄 거면 이 빵 말고 다른 빵으로 주면 안 돼요?"라고 할 때가 있다.

처음에는 기분 좋은 마음을 담아 주었는데 그 의도와 다르게 상대방이 그런 반응을 보일 때마다 인류애는 바사삭 무너져 사라져버리고 만다.

초코 사랑

월요일에 초코머핀을 사간 손님.

그 다음 날엔 조금 큰 브라우니를 사갔다.

수요일엔 좀 더 큰 초코롤을 사갔다.

목요일엔 빵집 초코방 중에
가장 큰 초코케이크를 사갔다.

진정한
초코덕후다.

초는
필요없어요

반대로 매직

"띠랑 씨! 오늘은 장사 잘될 것 같아!"

출근하자마자 사장님은 대박을 예감하며 하루를 시작했다. 그런데 손님들은 오지 않았다.

"띠랑 씨, 오늘은 망한 것 같아…"

다음 날, 사장님은 힘없는 목소리로 쪽박을 예감했지만 하루 종일 손님이 끊이지 않았다!

몇 달을 관찰해보니 사장님의 말과는 반대로 이뤄지는 것 같았다.

"사장님, 반대로 얘기해보세요!

회사 다닐 때 나는 반대로 매직은 생각해본 적이 없었다. 밝은 얼굴로 출근해도 상사들 눈치에 기죽었고, '빨리 퇴근했으면 좋겠다…'라고 생각하면 늘 야근이 이어졌기에 속은 하루 종일 시무룩 그 자체였다. 그때, 지금처럼 반대로 매직을 썼다면 어땠을까…

암묵적 금지어

그 이후 사장님과 암묵적 금지어가 생겼다.

오늘은 손님이 많이 오네...

잘 지켜지고 있었는데 어느날 갑자기...

떠랑 씨 오늘 손님이 많이 온다! 장사가 잘될 것 같아!

엇..!

뒤늦게 알아채셨지만,

헉..!

그 이후로 손님이 뚝했다... 진짜로...

환상의 짝꿍

　빵과 흰 우유는 환상의 짝꿍이다! 그러다 보니 배달 우유 판촉 직원은 빵집 앞에 자리 잡을 때가 많다. 그런데 하필 오늘의 판촉 테이블은 나와 눈이 딱 마주치는 곳에 설치되었다.

　유리문 하나를 두고 숨 막히는 눈빛 교환이 이어졌다. 마치 나 하나 팔면 너 하나 팔고, 누이 좋고 매부 좋다는 말이 이럴 때 쓰이는 것일까…?

　빵과 우유가 환상의 짝꿍인 것처럼 오늘 하루는 나와 배달 우유 판촉 직원은 한 팀이 되어 하루를 보냈다.

　혼자서만 살아갈 수 없는 세상, 이렇게 사회생활을 배워간다.

어제가 오늘 같고

　매일 같은 일과의 반복인 직장. 어제가 오늘 같고, 오늘이 내일 같을 하루하루였다. 하지만 매일 반복되는 삶에서도 빌런은 꼭 나타나는 법!

　하루에도 기분이 몇 번씩 롤러코스터를 타는 다중인격 상사, "잘되면 내 덕분이야!"를 외치는 상사, 내가 한 일을 자기가 한 것처럼 가로채는 얌체 상사 등을 겪으며 내가 만날 수 있는 빌런은 다 만났다고 생각했다. 하지만 크나큰 오산이었다!

　내가 일하는 빵집은 매달 1일마다 만 원 이상 구매 시 할인쿠폰을 드리는 행사를 한다. 1일이 되면 평소보다 많은 사람이 찾아오는데, 여러 유형의 빌런을 속속들이 발견할 수 있다.

　빌런 틈에서 살아남기 위해, 나는 1일에는 다른 날보다 더욱 만반의 준비를 한다.

매달 1일 빌런 다수 ❷ 종합 빌런

167

사람, 돈, 명예

"사람, 돈, 명예 중에 하나라도 충족되면 버텨!"

회사를 계속 다녀야 하나 말아야 하나 고민할 때 회사 선배들이 했던 말이었다. 하지만 그 중 뭐 하나도 충족되는 게 없는 삶이라고 생각했고, 나는 퇴직을 결심할 수 있었다.

사회생활을 가장 힘들게 하는 첫 단추는 바로 사람이다. 사람 때문에 힘들어지면, 내가 하고 있는 일 자체도 싫어지고, 내 존재 자체까지 작게 만드는 악순환이 이어졌다.

회사 다닐 때에도 '사람' 때문에 그만 두었는데, 빵집에서 일하면서도 상식과 다른 사람들을 만날 때마다 자주 무너졌다.

'내가 왜 이렇게까지 상처받으면서 손님을 대해야 하지?'라는 생각이 끊이지 않았다. 과연 나는 앞으로의 인생에서 상처받지 않고 사람을 대할 수 있을까? 내가 전한 호의와는 전혀 다른 반응이 올 때에는 모든 걸 다 내려놓고 내 방 침대로 홀랑 숨고 싶은 마음이 들 뿐이다.

그렇게 시작된,

고요 속의 외침

포

인

트

고요 속의 외침 성공적!

고요 속의 외침 휴유증...

어린이 퀴즈

이전 직장에서 디자인 일을 했던 나는 두루뭉술하게 디자인 의뢰를 하는 사람들을 많이 만났다. 그리고 개떡같이 말해도 찰떡같이 알아듣는 능력이 하루하루 상승했다.

"쑤욱 나왔다가 뿅! 하고 나타나고, 쏴아악 스르르륵 번지게 해주세요!"

"그, 왜 그거 있잖아. 내가 말하는 그 느낌 뭔지 알지? 그렇게 해 줘요!"

빵 이름이 생각이 나지 않을 때, 빵 모양으로 설명을 해주는 손님들이 있다.

"동그란 거 있잖아!", "길쭉한 거 있잖아요!"

빵 모양에 관한 애매모호한 설명을 들으며, 자칭 빵 박사인 나도 도저히 빵 이름을 맞힐 수 없을 때가 있다. 그럴 땐, 힌트를 갈구하는 나의 다급함이 발휘된다.

빵 안에 들은 내용물, 빵 특유의 맛 등등 손님이 설명할 수 있는 요소들을 더 자세하게 여쭤보고는 하는데, 이날은 어린이 손님이 찾아와 나에게 빵 모양을 설명해 주었다!

"이 빵", "저 빵" 하지 않고 모양, 내용물, 맛 등으로 힌트를 주는 손님들이 정말 고마울 따름이다!

무슨 빵을 찾는 걸까?

단점이 장점으로!

나는 내 목소리가 콤플렉스였다. 약간 아기 같은 목소리라고 나 할까…? 직장생활을 할 때에도 다른 어른(?)들과 달리 목소리가 약간 애처럼 들린다는 말을 들었었고, '내 목소리가 사회생활을 지속하는 데에 단점이 되는구나…'라고 생각했다.

그런데 어느 날 빵집에 온 어린이 손님이 내 목소리를 듣더니 "이모, 목소리가 왜 이렇게 귀여워요?"라고 했다! 갑자기 훅 들어온 아이의 말에 '단점이 단점이 아닐 수도 있겠구나…!'라는 생각이 들었다.

나마저도 다른 사람 기준에 맞춰 나 자신을 단점으로 보았었는데… 아이의 한마디로 자존감이 업! 했던 날이었다.

훅 들어온 어린이 손님의 말에 심쿵했다…!

174

정을 나눠요

퇴사하는 날 아침은 모든 세상이 아름다워 보였다! 그동안은 직장 가는 길이 마치 지옥에라도 끌려가는 것처럼 발걸음은 무겁고 어깨는 축 처졌었는데. 아무리 미웠던 상사여도 퇴사할 때만큼은 용서가 됐다. 다시는 연락하지 않는다는 게 함정이기는 하지만.

그런데 알바하면서 만난 단골손님들이 이사를 가서 이제 빵집에 오지 못한다는 소식을 전해주실 때면 괜히 아쉽고 서운했다. 비록 오가는 짧은 인사 속 스쳐 지나가는 사이지만, 나도 모르게 손님에게 정이 들었던 걸까. 혼자만 느끼는 내적 친분이라지만, 정이란 건 참 무섭다.

내가 알바를 그만두는 날이 온다면, 직장을 나오던 날과는 다르게 정들었던 사장님과 손님들이 그리워질까? 언제까지 알바를 할 지는 몰라도 어쨌든 오늘도 '정(情)'을 나누는 빵집이다.

'말하지 않아도 알~~아요~'

이게 바로 팁?

회사 다닐 때 다른 직원이나 거래처 직원에게 친절을 베풀었다고 팁을 받은 적은 한 번도 없었다. 그래서 나에게 '팁'은 낯선 단어였다.

그런데 비가 갑자기 억수로 쏟아지던 어느 날 아침, 빵을 사고 계산을 마친 손님이 우산을 빌릴 수 있는지 물어보셨다. 별생각 없이 내 우산 하나를 빌려 드렸는데, 10분 뒤… 그 손님이 다시 오셨다.

우산을 다 쓰셨나, 하고는 우산을 받으려고 손을 내밀었는데 우산과 함께 딸려온 건 5천 원짜리 지폐 한 장! 깜짝 놀란 눈으로 손님을 쳐다보니 "우산에 대한 보답이에요! 음료수라도 사서 마셔요!"라고 하셨다.

아, 이런 게 바로 팁이라는 건가? 알바생의 특권 같은 거구나! 기분 좋~다!

계산을 마치고 매대 정리를 하고 있는데 손님 한 분이 갑자기 나에게 다가오셨다.

"어휴, 수고가 많아요! 이거 먹고 해요!"

그러더니 앞에 귤을 놓고 가시는데, 이렇게 나를 챙겨주는 손님이 있다는 거에 정말 큰 감동을 받았다. 동네 빵집이라 이렇게 '정'이 담긴 '팁'을 받을 때가 종종 있다. 그럴 때마다 뿌듯한 기분이 든다. 감사하기도 하고.

'나 허투루 일하지 않았네. 오늘도 열심히 일했다!'

아직 세상은 살 만하다!

힘 나는 하루

단골 할머니 손님이 아이스크림을 주셨다.

오후에는 재료 갖다주시는 기사님이

커피를 슬쩍 주고 가셨다.

하루종일 힘이 나는 하루였다!

살아 있는 걱정 인형

직장을 그만두는 것은 실패자가 되는 거라고 생각했다. 지금 생각해보면 그냥 잠시 '일시 정지'된 것뿐인데, 나는 '정지'가 되는 것이라고 생각했고, 그래서 두려웠다.

하지만 괜한 걱정이었다. 나는 완전히 멈춘 게 아니라 그냥 잠시 쉬어가고 있는 거니까.

사실 살아 있는 걱정 인형인 나는 일어나지도 않은 일에 대해 오만가지 다양한 걱정을 미리 하며 사는데, 지금은 내 인생의 끝이 알바가 될까 봐 걱정이 되기도 하다.

하지만 조금씩 나아가다 보면 이것조차 쓸데없는 걱정이라고 느낄 때가 생기겠지.

어휴, 나도 참 사서 고생이다!

아재 개그

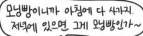

모닝빵 아저씨

　매일 아침 빵집에 오는 손님 한 분은 항상 모닝빵만 사가서 나는 속으로 '모닝빵 아저씨 오셨구나'라고 생각한다. 그런데 이미 모닝빵이 다 팔린 어느 날 아침, 손님이 밖에서 빵집 안을 기웃기웃하시기에 내가 손으로 엑스 표시를 했더니 손님은 내 수신호를 알아채고는 고개를 끄덕이며 돌아가셨다.

　회사 다닐 때에도 남들이 도움을 요청하는 손짓만 보내도 나는 바로 달려갔고, 문제를 곧장 해결했다. 사회 생활하면서 그렇게 익힌 눈치로 이제는 수신호로만 소통이 가능한 지경에 이르렀다!

수신호

바로 이 맛!

회사 다닐 때는 누가 누구를 챙겨주고 하는 것은 극히 드물었다. 아름다운 미담으로 남을 법한 일은 드라마에서나 나오는 것이었다.

그런데 빵집에서 일하니 사장님은 빵을 챙겨 주신다. 물론 새로 만든 빵 맛을 물어보려고 주시는 것도 있지만 간식으로 먹으라고 챙겨주시는 빵도 있다!

일하다 지칠 때쯤 먹는 빵 맛은 정말 말 그대로 꿀맛이다! 배도 든든, 마음도 든든! 빵집에서 일하니 이런 게 참 좋다.

빵집 알바의 맛, 바~~~로 이 맛 아입니까!

좋은 점은 또 있지!

빵집에서 일하니 좋은 점이 또 있다!

사장님이 생일날 케이크를 챙겨주시고,

띠라 씨 생일축하해.
생일선물이야!

우와아~
감사합니다.

특별한 날 케이크가 보너스로 따라온다.

다이어트는 내일부터

나는 일하다 쌓이는 스트레스를 항상 먹는 걸로 풀었다. 회사 앞이나 집 앞 편의점은 내 단골이었다. 그래도 몸무게는 잘 늘지 않았다. 스트레스가 그만큼 심했던 건가…

이제는 빵집에서 일해서 스트레스 쌓일 일은 확실히 줄어들 었는데, 일하며 야금야금 빵을 먹다 보니 자연스럽게 몸무게가 늘어났다.

"저 이제 다이어트 해야겠어요!"

나의 다이어트 선언을 들은 사장님은 빵으로 나를 유혹했다. 나는 빵 악마의 유혹에 넘어갔고, 오늘도 또 빵을 먹었다.

유혹에 넘어간 뒤 먹는 빵은 어찌나 맛있던지, 남김없이 다 먹게 된다. 스트레스로 인한 먹부림은 아니지만, 빵의 유혹은 참을 수 없다. 역시 다이어트는 내일부터 하는 걸로!

맛있으면 0kcal

갓 나온 빵 냄새가 진동을 하니 고민되기 시작했다.

고민하는 내 모습을 눈치챈 사장님이...

결국 유혹에 넘어가 또 빵을 먹었다...

다이어트는 내일부터!

원래 맛이 궁금해

쓸데없는 호기심이 머리를 스칠 때가 있다.

빵집에서 일하는 지금은 가끔 빵 본연의 맛은 어떤지 궁금해지고는 하는데, 나는 빵집 알바생이니 사장님께 부탁할 수 있는 특권(?)이 있다! 처음에는 시럽 없는 몽블랑을 먹어보았고, 생크림 없는 케이크도 먹어보았는데… 결론은, 완성본이 제일 맛있다는 것이다!

완성품엔 다 이유가 있지…

엉뚱한 호기심은 맛없는 결과가 되기는 했지만, 오늘 하루를 더 재미있고 잘 버틸 수 있게 하는 원동력이 되어 준다. 그런 나의 호기심을 해결해주는 사장님께 감사한 하루!

호기심은 호기심으로

시럽 안 바른 빵 맛이 궁금해서

사장님께 부탁을 드렸다.

집에 와서 먹어보니...
(※ 원래는 따로 팔지 않습니다...)

또 다른 날, 아이싱 하기 전의
생크림케이크 맛이 궁금해서

사장님께 또 부탁을 드렸다.

집에 와서 먹어보니...
(※ 원래는 따로 팔지 않습니다...)

만나서 반가웠고…?

사장님은 7년 전에 다른 동네에서 빵집을 하시다가 문을 닫고, 2년 전에 우리 동네에서 빵집을 차린 분이다. 나는 두 번째 빵집의 첫 번째 알바생이고.

여느 때와 다름없이 계산을 마친 그때, 한 손님이 사장님을 찾았고 문밖으로 고개를 내미신 사장님은 깜짝 놀라셨다. 무려 7년 전에 일했던 알바생이었던 것이다!

'만나서 더러웠고, 다시는 보지 말자!' 주의인 나에게 예전에 일했던 사람이 제 발로 찾아오는 건 정말 신기한 일이었다. '사장님이 아니라 빵 맛이 그리워서 찾아온 거겠지 뭐…'라고 애써 이해하려 했지만 이해가 안 되기는 마찬가지.

나도 이 빵집을 그만두면 다시 사장님을 찾아오게 될까?

사장님이 그리울지, 빵 맛이 그리울지는 아직 모르지만 '만나서 더러웠고, 다시는 보지 말자!'를 깨부수는 알바이길 바란다.

사장님의 혈액형 사랑

어렸을 때에는 같은 혈액형이 아니면 함께 먹을 수 없다고 생각해서 친구들의 혈액형을 확인하고 음식을 먹기도 했다. 학창 시절에는 친구들과 함께 잡지나 인터넷에 넘쳐나는 혈액형 심리테스트나 혈액형별 성격, 궁합, 조합 등등에 관한 정보를 읽으며 재미있어 했다.

그런데 사회에 나와보니 혈액형은 무슨! 그런 거는 신경 쓸 새가 없었다. 하루하루 살기 바빴다.

그런데 빵집 첫 출근 날… 내가 일하는 모습을 보더니 사장님이 넌지시 말씀하셨다.

"띠랑 씨, 혹시 A형…?"

훅 들어온 혈액형 질문에 당황했는데, 알고 보니 사장님은 사람을 볼 때 혈액형으로 구분하는 혈액형 맹신자였다! 그렇다면, 결국 네 종류(?)의 사람밖에 없다는 소리인데… 믿거나 말거나 사장님의 넘치는 혈액형 사랑!

A형 사장님이 알려주는
A형이랑 일할 때 케미 좋은 혈액형!
(※사장님의 개인적인 의견이라 나머지 혈액형 궁합은 알 수 없음)

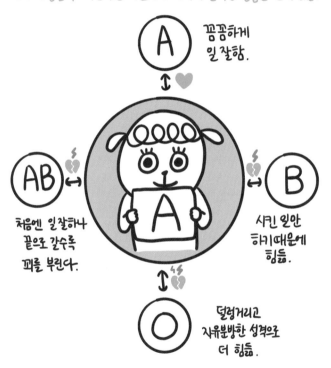

A
꼼꼼하게
일 잘함.

AB
처음엔 일 잘하나
끝으로 갈수록
꾀를 부린다.

B
시킨 일안
하기때문에
힘듦.

O
덜렁거리고
자유분방한 성격으로
더 힘듦.

이상한 하루

손님이 아무도 안 오다가,

갑자기 손님이 북적북적.

다시 손님이 아무도 안 오다가,

갑자기 손님 북적북적!

단축키

디자인 회사 다닐 때는 모든 일을 컴퓨터로 작업하다 보니 각종 프로그램의 단축키를 다루는데 도사였다. 그렇게 지겹게 사용하던 단축키를 쓰지 않게 되면서 '천국인가?' 생각을 할 정도였다.

그런데 빵집에서 일하는 지금, 빵집이 바쁠 때마다 단축키가 그립기도 하다.

CTRL + C : 포장 한 개 복사하기

CTRL + V : 붙여넣기로 나머지 빵 다 포장하기

CTRL + X : 진상 손님 잘라내기

CTRL + S : 맛있는 빵은 내 배 속에 저장하기

CTRL + SHIFT + ESC : 오늘 영업 강제 종료

삶의 굴레

예전에는 한꺼번에 일이 몰리면 '나는 왜 몸이 하나일까…'를 생각했었다.

지금은 손님이 한 번에 몰려오면 '이 또한 지나가리라…'를 생각한다.

그래도 너무 지친 날에는 그 주문이 통하지 않을 때도 있다. 그럴 때마다 나는 다시 생각한다. '나는 왜 몸이 하나일까…'

직장인이든 알바생이든, 삶의 굴레는 다 똑같은 것 같다.

손님이 몰렸는데 손님이 골라온 빵을
다 잘라드려야 하는 경우,

게임처럼 손님들만 일시정지하고싶다.

CLEAR!

무한 반복 로봇

이 또한 지나가지 않을 때…! 차라리 로봇이 되면 어떨까 생각한다. 로봇이라면 순식간에 모든 일을 끝내고 퇴근할 수 있을 테니까.

① 안녕하세요? → ② 빵 잘라드릴까요? → ③ 빵 자르고 → ④ 계산 → ⑤ 감사합니다! → ⑥ 안녕히 가세요!

손님이 몰려오면 나는 ①~⑥을 무한 반복하는 로봇이 되기는 한다.

띠링 띠링 개띠랑 봇

나는 손님이 올리기 시작하면
이 루틴으로만 집중하는데,

(계산)

(빵 자르기)

(포장)

감자합니다.

오.늘. 나. 는. 개. 띠. 랑. 봇

알바중

"저… 심부름을 왔는데요, 무슨 빵인지 하나도 모르겠어요. 빵 찾는 것 좀 도와주세요."

아저씨 손님이 심부름 목록표를 내밀며 말씀하셨다. 읽어 보니 어딘지 모르게 낯선 빵 이름뿐이었다. 바로 대형 프랜차이즈 업체 것!

"저… 이건 옆 가게 빵집 거예요!"라고 말씀드리고 싶었는데 매일 매출 걱정하는 사장님이 떠올라서 경쟁 빵집 업체 이름을 말하지 못했다.

이름을 말하면 안 되는 '볼드모트'를 발견한 기분이랄까…

빠바 아니라고…

5살 정도의 어린이가 들어오더니,

누나 여기 맞아! 빠바 맞다니까?

(헐.. 여기 빠바 아닌데...)

괜히 사장님 눈치봄.

어느새 쟁반과 집게도 들고있었다.

여기 빠바 맞죠?

여기는 빠바 아니란다...

누나 빠바 아니래~

빠바이!

아빠의 응원

집에서 빵집까지는 뛰면 3분 정도 거리다. 회사 다닐 때에는 가족들이 내가 일하는 모습을 볼 수 없었지만, 집에서 가까운 빵집에서 알바를 하니 가족들은 오며가며 내가 일하는 모습을 종종 보게 된다.

하루는 밖에 나와서 창문을 닦고 있었는데 "빵이 맛있네요!"라는 목소리가 들렸다. "감사합니다!"라고 인사하려고 고개를 돌리니 익숙한 얼굴, 바로 아빠였다! 아빠는 날 보고 장난치고 싶어서 함박웃음을 짓고 서 계셨다.

"수고해!" 한마디를 남기고 떠나는 아빠의 뒷모습을 보고 난 뒤 남은 시간 정말 힘이 났다. 그렇다! 작은 말 한마디로도 나는 힘이 날 수 있는 사람이었다.

함께여서 든든해

회사 다닐 때 화가 나거나 힘든 일이 생기면 제일 먼저 가족이 생각났다. 나를 가장 잘 아는 사람들이니까. 당장이라도 달려가 가족들에게 이 서러운 감정을 토로하고 위로받고 싶었다. 하지만 가족은 너무 먼 곳에 있었고, 나는 자취방에 혼자 누워 힘든 시간을 겪어야 했다.

집 가까운 동네 빵집에서 일하며 지금은 가족과 함께 지내고 있으니 힘든 일이 있어도 마음이 든든하다. 내 편이 언제나 지켜주고 있다는 안도감 때문일까?

가족이 있어 이렇게 든든한 하루가 지나간다.

손님 빵을 자르고 있는데,

덩달아 나도 급해졌다.

무사히 미션 클리어!

추천해 주세요!

"맛있는 빵 좀 추천해 주세요!"

사람마다 입맛이 다르기에 손님이 저런 부탁을 하셨을 때 망설였지만 거듭 부탁하시기에 추천을 해 드렸다. 손님은 나의 추천 빵을 사 가셨고 일주일 뒤 다시 오셔서 "그때 추천해 주셨던 빵 진짜 맛있게 먹었어요! 또 추천해 주실 수 있을까요?"라고 하셨다. 자칭 빵 박사였던 내가 '자칭타칭 빵 박사'로 거듭나는 것 같았다!

직장에서도 칭찬 한 번 받으면 그날 하루는 온종일 기분이 날아갈 것 같았는데… 칭찬은 고래도 춤추게 한다고 하더니, 빵집에선 띠랑이도 춤추게 한다!

자칭타칭 빵박사로 거듭났다.

이름으로 말해주세요

'막내 감독'이나 '막내', 혹은 '쟤' 아니면 '걔'로 불렸었던 직장 다니던 시절. 그때는 기분이 썩 좋지는 않았지만, 그럼에도 별다른 말을 하지 못했다. 대부분 그렇게 불리고는 하니까… 그렇게 나는 직장에서 '내 이름'을 찾지 못하고 살았다.

그런데 한번은 빵집에 가서 케이크를 주문하면서 "이거 주세요"라고 말했더니 직원이 "케이크 이름으로 말씀해 주세요"라고 했던 기억이 있다.

아… 그렇지. 뭐든 다 올바른 이름이 있지…

내가 빵집 직원이 되어보니 그 직원이 어떤 마음이었는지 알게 되었다. 직원의 입장은 전혀 생각하지 않았구나…라는 생각이 든다. 정말 역지사지의 마음!

빵집에는 다양한 빵이 있고, 수많은 '이거'가 존재한다. '이거 주세요!'라고 말하면 말하는 사람 빼고는 아무도 모른다.

김춘수 시인이 그랬다. "내가 그의 이름을 불러 주었을 때, 그는 나에게로 와서 꽃이 되었다"라고. 손님이 제대로 된 빵 이름을 불러 주었을 때 직원은 꽃처럼 밝게 웃게 된다!

기억하자, 빵 이름!

말해주자, 제대로!

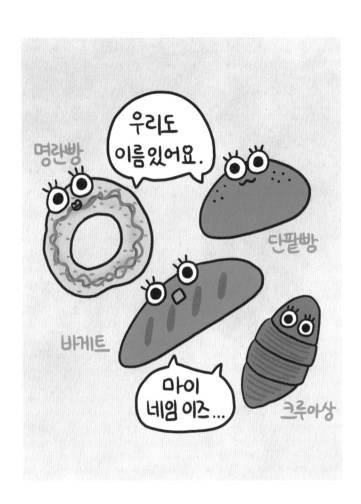

전화 퀴즈

"전화 좀 받아보세요!"

한 손님이 가게에 들어오자마자 나에게 대뜸 전화를 바꿔주셨다. 당황하며 전화를 받아보니 빵을 찾아달라는 거였다. 빵 이름을 정확하게는 모르고 빵의 모양과 색깔로만 이야기를 하셔서 마치 퀴즈를 푸는 것 같았다!

빵집에서 어린이 퀴즈나 행동 퀴즈 등 여러 퀴즈를 풀어 보았지만 마치 듣기평가라도 하듯 귀 기울여 들어야 하는 전화퀴즈는 정말 어려웠다.

회사 다닐 때 전화는 간단한 업무 파악으로만 사용하는 게 다였는데 알바를 하니 동네 신문에 광고하라는 전화, 케이크 예약 전화, 남은 빵 파악 전화까지 정말 다양한 전화가 와서 나를 시험에 빠트린다.

그래, 이것 또한 사회생활에서 살아남는 법을 배우는 과정이겠지…!

네, 빵집입니다!

가게로 광고 전화가 하도 많이 와서,
사장님을 찾는 전화는 용무를 여쭤본다.

그런데 집이라고 하여,
순간 집이 어딘가 했다.

<u>사장님 와이프분</u>
알고보니 사모님의 전화였다.

의사소통

목소리가 작은 손님들을 대할 때에는 귀를 더 쫑긋 세우게 된다. 포인트 번호를 묻고 입력해야 하는데 목소리가 잘 안 들리기 때문이다. 평소에는 입 모양을 보고 알아맞히는데 요즘은 코로나로 인해서 다들 마스크를 쓰고 있기 때문에 불가능하다. 더군다나 매장에는 노래가 흘러나오고 빵 반죽 기계 소리까지 합쳐지면 미션 임파서블Mission Impossible!

예전에 직장에 다닐 때에는 방송 나가기 전 후반작업을 하는 일을 했다. 그러다 보니 시간에 쫓겨서 일하기 일쑤였고, 필요한 이미지는 정말 빨리 찾아 넣고, 메일 오는 알림 소리는 누구보다도 제일 먼저 캐치해야 했다. 그래야 진행사항도 빨리 파악하고 의사소통이 아무 문제 없이 잘 돌아갈 수 있었다. 그래야 방송 사고 없이 제시간에 방송이 될 테니까.

아, 그때는 눈치코치 다 보면서 지냈었는데… 그런데 이제는 눈치코치를 뛰어넘어 눈만 보고도 포인트 번호를 알아맞힐 수 있는 능력까지 키우게 됐다!

마스크의 단점

요즘 마스크 때문에 의사소통이 잘 안되는데,

여기에 매장음악까지 더해지면...

더 소통불가...

마스크의 장점

일을 하다보면 속상한 일이 생기는데

그럴 때마다 표정을 숨겨야 했다...

하지만 마스크를 쓰니,
어느정도 표정을 숨길 수 있다.

이건 참 좋네~

다행이야!

아침에 거울을 보니 뾰루지가 생겨
연고를 발라보았다.

하지만 간지러움을 참지못하고 건들였다.

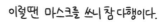

웬걸! 나오진 않고, 주변에 상처만 생겨
턱수염처럼 돼버렸다!

이럴땐 마스크를 쓰니 참 다행이다.

아이디어

빵집에 오는 손님들은 종종 아이디어를 주기도 한다. 지난번에는 케이크 예약을 하시면서 생크림과 초코케이크 둘 다 먹고 싶다며 반반 케이크가 있으면 좋겠다고 하셨다.

'와! 반반 케이크? 정말 좋은데?'

그런데 찾아보니 이미 반반 케이크를 파는 곳이 있어서 우리 빵집에서는 출시를 하지 못했지만 빵집의 중요한 부분인 메뉴 개발에 손님도 '함께'하고 있다는 생각에 참 고맙게 느껴졌다.

직장 생활을 한 지 얼마 안 됐을 때, 나는 디자인 창작에 대한 어려움이 생겨 전전긍긍하고 있었다. 그런 나를 보고 팀장님은 선배들에게 한번 물어보라고 조언해 주셨고, 나는 선배들을 찾아가 도움을 청했다.

"아이디어? 나도 없어. 나도 그런 건 몰라."

"아이디어는 혼자 고민해야 하는 거지."

"아니, 혼자서 이런 것도 하나 해결 못 해?"

돌아오는 대답은 나를 난감하게 만들었다. 그래놓고 그들은 항상 나보다 능숙하게 일을 해결했고, 막내인 나는 좌절감을 느껴야 했다.

'프로젝트를 함께 끝내야 하는 팀인데도 불구하고 왜 저렇게

함께하지 못하고 적처럼 대하는 걸까?'

물론 내 부족한 실력도 문제기는 했겠지만 '함께'하지 못했던 것에 더 좌절감을 느꼈었다. 물론 사회생활을 하면 별별 사람이 있다는 걸 잘 안다. 알아도 속상한 건 어쩔 수 없다. 백지장도 맞들면 낫다는데…!

아이디어 하나 함께 나눈다고 원작자의 빛이 발하진 않을 거다. 작은 도움이 있었다면 어설픈 신입인 나였어도 함께 하는 프로젝트에서 일원으로 활약했을 것이고, 그 힘으로 거친 사회생활을 또 하루 버텼을 것 같다는 생각을 해 본다.

작은 빵집에서 일하는 지금, 손님에게 받은 아이디어는 정말 소중하고 감사하다. 그 아이디어가 실현이 되든 안 되든 말이다.

그동안 나는 빵집을 오가는 손님을 빵집의 일원이라고 생각해 본 적이 없었다. 그런데, 손님이 스치듯 말하는 아이디어 하나로, 빵집에 오는 손님도 '우리'가 될 수 있음을 느낀다.

'우리'가 '함께' 만들어가는 빵집에서 오늘도 나는 열심히 일하고 있다!

도와주는 손님들

직장은 여러 명의 팀원이 하나가 되어 일을 해야 팀이 잘 굴러갔다. 뭐, 물론 혼자만 튀려는 사람도 있기는 했지만.

지금 나는 작은 매장에서 혼자서 일을 도맡아 하니 손님이 한꺼번에 몰리면 삐거덕거린다. 그런데 하루는 바쁜 순간에도 침착하게 차근차근 계산을 하고 있는데 손님 하나가 "이건 뭐예요?"라며 질문을 했다. 앞 손님이 있으니 잠시만 기다려달라고 양해를 구했는데, 빵 포장을 기다리거나 빵을 고르던 손님들이 나를 대신해 대답을 해 주셨다.

그동안 나는 나 혼자 일하고 있다고 생각했다. 그런데 '손님'이라고 생각했던 분들이 내가 어려울 때 도와주는 걸 보고 손님과 나 사이에 보이지 않는 팀워크가 생긴 것 같아 든든했다.

나는 분명 혼자 일하고 있지만, 절대 혼자 일하지 않았다!

아직도…?

내가 회사를 그만두게 된 이유는 여러 가지가 있지만, 나만의 길을 개척해야겠다는 마음이 들었기 때문이 제일 컸다. 진짜 내가 좋아하는 일, 내가 잘 할 수 있는 일을 찾고 싶었다.

그림 그리는 것을 좋아하는 나는 일러 작가가 되고 싶어 퇴근 후에 그림을 그리고 SNS에 올린다. 하지만 가끔씩 길을 잃고 헤맬 때가 있는데, 그래도 마음 잘 다독이며 뚜벅뚜벅 걷고 있는 중이다.

그런데 얼마 전, 주말에 알바 하던 친구가 빵집에 놀러 왔다. 평일 알바인 나와는 부대끼며 일한 적은 없지만 오며 가며 봤던 사이인데, 그 친구는 날 보자 반가워하며 이렇게 말했다.

"언니! 저 서울로 취업했어요! 언니는 아직도 여기서 일하시는 거죠?"

분명 나쁜 의도로 말한 것이 아니라는 것을 잘 알지만, 그 말을 듣자마자 나는 자존감이 와르르 무너지는 소리를 들었다. 알바하면서도 꿈을 좇아 열심히 살고 있다고 생각했는데, 남들과는 다르게 걷고 있다는 느낌 때문이었을까…

하지만 곧 정신을 차렸다. 각자의 속도가 있는 법! 잠시 주춤했지만 나는 다시 마음을 잘 추스르고 오늘도 뚜벅뚜벅 걷는다.

성수기의 보너스

방송 관련 일을 하는 사람들은 연말 시상식 때문에 12월이 가장 바쁘다. 1년에 한 번 있는 성수기라고나 할까? 생방송인 시상식 날짜에 맞춰 작업물을 넘겨야 하다 보니 시간에 쫓겨 밤을 새는 것은 기본이고 끼니를 거르는 것은 예사였다. 이렇게 극한의 성수기를 보내고 나면 산타할아버지가 왔다 간 것처럼 내 통장에 살포시 들어와 있는 보너스! 이거라도 없었다면 진작에 때려쳤을지도 모른다.

그런데 빵집도 마찬가지다. 12월 크리스마스가 다가오면 케이크 예약부터 시작해서 정말 정신이 하나도 없다. 예약 목록을 보면 정말 끝이 없을 정도다. 일반 빵도 포장해야 하는데 케이크도 포장해야 하고, 빛처럼 빨리 계산해서 작은 빵집의 손님 동선이 꼬이지 않게 해야 하고! 평소보다 할 일은 두 배, 세 배가 된다.

나의 늘어난 업무만큼, 빵집 매출은 최고를 찍는데 또 그 덕분에 나는 또 산타할아버지를 만난다. 사장님이 즉석에서 현금으로 주시는 보너스가 그것!

산타할아버지… 올해도 오실 거죠?

메리 크리스마스…?

크리스마스 이브.. 하얗게 불태웠다..

그런데 내일이 또 있네…

메리크리스마스~

하나도 안 에리크리스마스.

그래도.. 올해도 꼭 오세요..!

무슨 일을 하던 시간은 이렇게 흘러간다

일할 때 시간은 이렇게 흘러간다.
↳ 나아아아아아아아아앗~

퇴근하면 시간은 이렇게 흘러간다.
↳ 밤!

벌써
아침이야...?

남은 빵 맛있게 먹는, 빵집 알바생 꿀팁

아시는 분들은 아시겠지만,
남은 빵 맛있게 먹는 꿀팁!

빵 먹다가 배부른 적 있으시죠?

그럴 땐 냉동실에 넣으세요!

냉동실에 넣었다가 자연 해동하면,
촉촉하게 드실 수 있어요.

퇴근

세상은 내 뜻대로 돌아가지 않지.
직장인이든 알바생이든, 삶의 굴레는 다 똑같네!

오늘 하루도 뿌듯

나의 퇴근 시간은 저녁 6시! 그때 빵이 별로 남아있지 않으면 내가 사장도 아니면서 괜히 뿌듯해진다. 오늘 하루 알차게 보낸 느낌!

회사 다닐 때에는 일은 재미있었지만 나와 맞지 않는 사람과 하루 종일 부대끼며 일하느라 금세 지쳐버렸고, 그러니 일도 재미없게 느껴졌다. 그래서 뿌듯함보다는 그저 마냥 쉬고 싶다는 생각뿐이었다.

그때는 한 톨 한 톨 겨우 긁어모아야 뿌듯함을 느낄까 말까 했던 것 같은데, 지금은 온몸으로 뿌듯함을 한껏 흡수한 것처럼 든든한 하루다!

직업병

일하다 보면 누구나 직업병이 생긴다.

방송 무대 영상 디자인을 했던 첫 번째 회사를 다닐 때 내 직업병은 TV에 가수가 나오면 가수의 노래, 춤, 무대를 보는 게 아니라 무대 영상만 보는 버릇이 있었다.

방송 자막 디자인 작업을 해서 송출까지 했던 두 번째 회사에서 생긴 직업병은 TV를 보면서 자막 디자인을 살피고 오타 체크를 하는 버릇이 있었다.

회사를 떠난 지금도, 나는 여전히 그 두 개의 직업병을 고치지 못하고 고스란히 가지고 있다.

빵집에서 일하며, 나는 또 하나의 직업병을 추가하였으니… 바로 주름 접기! 하루 종일 빵집에서 주름 접기로 각종 봉투를 접고 집에 돌아왔는데, 아무렇게나 막 묶여있는 비닐을 보면 참지 못하고 다시 펼쳐 주름 접기를 해놓는다.

그동안 내가 직업병을 앓고 있는지 아무도 몰랐지만, 빵집에서 얻은 직업병을 알아차린 단 한 사람이 있다. 바로 우리 엄마! 내가 무엇이든 주름 접기로 접어놓는 탓에 주변 정리가 깔끔하게 잘 되었다며 엄마가 정말 좋아하신다.

직업병이 좋을 때도 있네!

단맛 뒤엔 쓴맛이 온다

회사 다닐 때에는 팀장님이 스케줄을 짜면 그 스케줄 대로 일하고 쉬는 패턴이었다. 그러니 팀원끼리 대타로 일을 해주거나 이런 적은 없었다.

그런데 알바를 하니 정해진 시간에 일하고 퇴근하는 게 가능했다. 얼마 전에는 마감 시간에 일하는 친구가 사정이 있다며 나에게 시간을 바꿔서 일할 수 있는지 물어왔다. 빵집의 아침을 담당하는 나는 매번 정신없이 아침 시간을 보내기에, 마감 타임 제안을 들으니 바로 혹해버려 흔쾌히 근무시간을 바꾸자고 했다!

근무시간을 맞바꿔 일하기로 한 날, 오랜만에 느지막이 일어나 아점도 먹고, 침대에서 뒹굴뒹굴하며 여유로운 아침을 만끽했다! 정말 너무 좋았다.

한 치 앞도 모르는 인생…! 앞으로 다가올 미래를 생각하지도 못한 채… 나는 그저 마냥 기뻤다… To be continued…

오늘의 빵집 마감

"오늘 빵집 마감은, 나야 나! 나야 나!" ♪♬♩

　빵집 마감 시간은 저녁 9시 30분. 마감 시간이 다가올수록 손님은 보이지 않았다. 그래, 좋아! 이거다! 이대로만 가면… 나는 바로 칼퇴 각! 발 동동거리며 시계가 30분을 가리키기만을 기다렸고, 30분이 딱 되어 정리를 하려는 순간…! 손님이 들어왔다. 아… 아쉽다… 칼퇴 실패.

　직장 다닐 때는 항상 유동적인 스케줄로 움직였기에 퇴근 시간이 정해져 있지도 않았고 나는 나의 퇴근 시간을 예측할 수도 없었다. 나는 언제 퇴근하는지도 모른 채 일을 했었다.

　회사 다닐 때와는 달리 정확한 업무 스케줄이 짜여있는 알바를 시작할 때에는 '칼퇴할 수 있겠다!'라는 마음이 있었다. 그래서 더 기대에 부풀었다.

　그런데, 막상 마감 알바를 해보니 직장이나 알바나 별다를 게 없었다. 오는 손님을 어떻게 막을 수 있을쏘냐! 언제나 칼퇴는 늘 힘든 것이다!

오늘 칼퇴 가능?

이러고 싶지만...

오는 손님을 어떻게 막을소냐...

칼퇴 실패...

다시 만난 첫 손님

누구나 첫 순간은 강렬하게 기억한다.

나는 알바 첫날에 겪은 일과 제일 처음 만난 손님이 유난히 기억에 남는다. 가뜩이나 알바 처음인데, 가게 오픈일과 겹쳐서 긴장을 많이 했던 하루였다.

그런데 오픈과 동시에 할머니 손님이 들어오셔서 가게를 주욱 훑어보시더니 시식 빵도 없는 빵집이 어디 있냐며 호통을 쳤다. 손님 대하는 대처 방법이 전혀 없던 나는 폭풍 치듯 몰아치는 당황함 속에서 죄송하다는 말만 반복했다. 마치 앵무새 같았다. 나는 곧 할머니 손님이 원하는 빵을 시식용으로 잘라드렸다. 그런데 지금 생각해보면 굳이 내가 '죄송 앵무새'가 되어 빌빌 길 필요까진 없었는데…

그리고 알바를 한 지 2년이 지난 며칠 전, 그 할머니 손님이 다시 왔다. 그때 일이 너무 선명하여 다른 손님은 기억이 안 나도 그 할머니만은 내가 확실히 기억하고 있다!

요즘은 코로나 때문에 시식 빵을 배치하지 않는데 할머니가 기웃거리더니 "시식 빵도 없네? 시식을 해봐야 빵을 사든가 말든가 하지?"라며 또 호통을 쳤다. 2년 전과 똑같은 패턴이었다. 하…! 하지만 이젠 당황하지 않는다. 나는 영혼 뺀 앵무새같은 친절한 목소리로 "코로나 때문에 시식 빵은 없습니다!"라고 말했다.

직장을 2년 정도 다녔을 즈음, 신입인 나에게 텃세를 부리며 기죽이려고 했던 상사들의 패턴을 파악해서 말도 안 되는 요구를 할 때면 한 귀로 듣고 한 귀로 흘리는 능력이 생겼었다.

이제 빵집에서 일한지 2년이 넘어가니 손님 대처 능력 만렙은 찍었다! 그리고 이제는 어떤 진상 손님의 반응도 유연하게 대처할 수 있다!

손님 대처 능력 레벨업!

알바 레벨업!

마음 회복물약 획득!

체력 획득!

귀찮아

① 일어나기 귀찮다...

② 씻기 귀찮다...

③ 밥 먹기 귀찮다...

④ 출근하기 싫다...

⑤ 귀차니즘이 온 몸을 지배한다...

그래도 어느샌가 출근해있는 나...

행복

돈 벌면 행복해지는 줄 알았는데...

행복을 팔아서 돈 버는 거였다...

행복 팔지 않고 돈 벌수 있는 날이 올까?

잘 참았다

알바를 하면 그만두고 싶은 생각이 안 들 줄 알았다.

하지만 매일 아침마다 드는 생각…

'아… 그만두고 싶다…'

하지만 막상 출근하면 또 열심히 일하다 오게 된다.

그러다 퇴근해서 집에 돌아오면 드는 생각…

'아… 오늘 하루도 (그만둘 뻔했는데) 잘 참았다!'

회사를 다니나 알바를 하나 그만두고 싶은 생각이 드는 건 똑같다.

열심히…?

일하다가 문득 든 생각이 있다.

왜 이렇게
열심히 하고 있는거지?

평생 빵집 알바만 할 거 아닌데..

이러려고 회사 그만둔 건 아닌데...

어디서든 열심히 하면 되는건가..?

감사합니다,
안녕히 가세요~

다리가 아프다

회사 다닐 때에는 하루 종일 의자와 한 몸이었다. 화장실 갈 때, 밥 먹을 때 빼고는 그냥 의자 붙박이 수준.

빵집에서는 의자 없이 하루 종일 서서 일하기 때문에 처음에는 굉장히 좋았다. 그런데 서서 일하는 것은 앉아있을 때보다 더 후유증이 따르는 거였다. 발바닥은 물론이고 발가락부터 다리 전체를 지나 허리까지 다 아프다. 신발의 문제일까 싶어서 신발을 여러 켤레 바꿔보았는데 통증은 해결되지 않았다.

'돈 몇 푼 벌겠다고 알바하다가 괜히 병만 키워서 돈만 더 쓰는 거 아니야?'

말로는 쉽게 '돈 몇 푼'이라고 했지만 대부분의 사람은 그 '돈 몇 푼' 때문에 울고 웃는다. 〈나를 아끼는 마음 VS 돈 벌기〉 치열한 갈등 속에서 오늘도 아픈 다리를 이끌고 퇴근을 한다.

신나는 퇴근길

회사 다닐 땐 하루종일 앉아있으니까
일부러 계단을 이용해서 집을 갔다.

하지만 지금은 하루종일
서서 일하다보니 엘레베이터를 타고 집을 간다.

그런데 엘레베이터가 점검 중이었다.

헐...

고층 사는 나는 힘겹게 올라갔다.

이게 뭔
날벼락이냐..

겨우 올라와서 엘레베이터를 봤더니...

헉   헉

점검이 끝나고 작동 중이었다.

뜻대로
흘러가지 않네..

아프니까 청춘이다…?

직업 만족도

내가 만든 작업물이 TV에 나오기까지 수많은 조언을 들어야 했다. 그때마다 직업 만족도는 최하위까지 내려갔다. 그러다가도 TV에 결과물이 나오면 직업 만족도는 최상으로 올라갔다.

알바 할 때는 무조건 직업 만족도는 최상일 줄 알았다. 누구의 간섭도 없을 테니까. 하지만 진상 손님 만날 땐 직업 만족도는 최하위다. 하지만 사장님이 갓 나온 빵을 먹어보라며 건네주실 때에는 직업 만족도는 최상이다!

그래⋯ 무슨 직업이든 항상 직업 만족도가 최상일 수는 없을 거다. 오늘도 나는 삶의 법칙(?) 하나를 배워간다.

스트레스

회사 다닐 때 스트레스가 극에 달해 악몽을 종종 꿨다. 누군가 나를 때리려고 쫓아오는 꿈을 꾼 적이 있는데 나도 맞지 않으려고 있는 힘껏 주먹질을 했고, 일어나보니 손은 피투성이가 되어 있었다. 정말 깜짝 놀랐고, 퇴사를 결심하는 데 큰 계기가 되기도 했던 경험이다.

빵집에서 일하는 지금은 이전보다는 그렇게 스트레스를 받지는 않지만 사람을 상대하는 일이기에 스트레스가 없다고는 할 수 없다. '알바니까 괜찮잖아?'라고 생각한다면 크나큰 오산이다. 단지 업종이 바뀌고 정규직에서 알바로 위치만 바뀐 것일 뿐 어딜 가나 스트레스는 똑같다. 내가 그 스트레스를 견딜 수 있느냐 없느냐 정도의 차이이지 않을까 생각한다.

견딜 수 있다면 일하는 것이고, 견딜 수 없다면 떠나면 되는 것! 점점 '해탈'을 배워가며 사회생활 최고 경지에 오르고 있음을 느낀다.

하지만 사장님의 푸념까지
더해지는 날이면 좀 더 힘들긴하다...

이야기보따리

빵집 알바를 끝내고 집에 오면 나는 가족들에게 하루 동안 있었던 일을 이야기하면서 하루를 마무리한다.

"넌 말 안 하고 살았으면 답답해서 입 안에 가시가 잔뜩 자랐을 거야."

아빠가 나를 놀리든 말든 상관치 않고 나는 이야기보따리를 엄청 푼다. 막상 들어보면 소소한 일상의 이야기지만 가족들이 나의 이야기에 귀를 기울여주면서 함께 웃고, 화도 내주고, 고민도 함께 풀려고 노력해 주는 것을 느낀다.

사회생활 만렙인 가족들은 내 이야기를 듣다가 내가 고쳐야 할 점을 말해주거나 '이럴 땐 이렇게 해봐'라며 대처방안을 알려주기도 한다. 사회생활에 최적화된 인재를 키워내는 '사회생활 사관학교'를 다니는 느낌이다.

자취하며 혼자 살 때에는 이런 시간이 없어서 더 힘들었던 걸까… 내 이야기를 들어주는 가족들이 참 고맙다.

아무에게도 못 털어놓았으면
답답했을거야!

엄마의 집밥

빵집 일을 마치고 집으로 돌아온 내가 하루의 힘듦을 힐링하는 방법은 엄마가 해준 집밥을 먹는 것이다. 혼자서 서울살이를 하던 직장인 시절, 자취를 하며 내가 먹고 싶은 건 다 사 먹을 수 있었지만 맛있는 걸 사 먹는 것도 하루이틀… 퇴근 후 매번 내가 알아서 챙겨 먹으려니 귀찮아서 대충 김에 밥 싸 먹고 말거나 편의점 음식으로 배만 채우기 일쑤였다.

엄마의 집밥에 얼마나 많은 시간과 정성이 들어갔는지 알게 된 나는 자취 생활을 청산하고 집으로 돌아와 엄마가 해 준 밥을 먹으며 기운을 차렸다. 따끈한 밥 한 숟가락만 먹어도 온몸에 행복이 퍼졌다. 하루의 피로가 싹 풀렸고, 엄마가 만든 집밥을 먹을 수 있다는 것 자체만으로도 행복했다.

따뜻한 밥 한 끼는 정말 소중하다!

자취의 장점과 단점

인터넷에서 본 자취의 장점, 엄마가 없다.

먹고싶은 걸 맘대로 먹을 수 있다.

자취의 단점은 엄마가 없다.

직접 만들어 봤지만 실패했다...

어딨니?

밖에서 일하고 집에 오면 씻고, 밥 먹고, 잠깐 TV 보면 벌써 잠잘 시간이다. 나만의 시간이 부족해서 자면서도 스마트폰을 붙잡고 잠들기 일쑤다. 다음날이 쉬는 날이면 더 설레어서 할 일이 없어도 늦게까지 잠들지 못한다. 뭐 딱히 뭔가를 하는 건 아니지만…

하지만 설렘도 잠시, 정말 별거 한 게 없는데도 어느새 저녁이고, 휴일은 끝나고, 다음 날 출근 준비를 해야 한다. 일할 때는 하루가 그렇게 느리게 지나가는데, 쉬는 날은 왜 이렇게 빨리 지나가는지…

알바를 하는 지금은 주말만 쉬는데 '월화수목금' 5일은 정말 '처어어언처어어언히이이이' 지나가고, '토일' 이틀은 정말 '휙' 지나가 버린다. 붙잡고 싶다…!

말똥말똥

아침에 출근했을 때부터

퇴근할 때까지 하품이 줄줄줄...

막상 자려고 누우니 눈이 말똥말똥...!?!?

그렇게 또 늦게 잠들어버렸네...

월요병

어깨 스트레칭 좀 해볼까..?

어휴..
피곤해...

악

이게 바로 별 거 아닌 것에도
치명타 입는 월요병?!

직장이나 알바나 월요병 있는건 같네...

249

평소 나의 일상

1. 시간 보고 놀라 일어난다.

2. 급하지만 아침은 꼭 먹는다.

3. 씻고나서부터 시간 압박이 온다.

4. 후다닥 출근.

'달라진' 평소 나의 일상

항상 시간에 쫓겨 급하게 출근하던 나는, 이렇게 쫓기는 삶을 살아선 안 되겠다고 생각했다.

"그동안의 루틴은 잊어라! 오늘부터 개띠랑은 '아침형 인간'이다!"

앞으로는 일찍 자고, 새벽 6시에 일어나서, 운동도 하고, 책도 읽고, 영어 공부도 하기로 계획했다. 그리고 다음 날, 새벽 6시에 알람이 울렸고, 나는 일단 눈을 뜨기는 했는데… 아침에 보는 유튜브는 왜 이렇게 재미있는 건지!

알람 끄며 잠깐 유튜브 클릭했던 건데 어느새 시간은 흘렀고, 출근 준비하는 시간은 어제와 똑같았다. 직장 다닐 때에도 이불 속에서 '5분만 더!'를 외치다 매일 서둘러 급히 뛰쳐나갔는데 알바도 마찬가지군!

오늘도 난 빵집으로 빠르게 달린다! 항상 계획은 기똥차게 세우지만 지키는 것은 정말 어렵다!

상상과 현실 사이

　직장 생활과 다를 거라고 생각하고 알바를 시작했지만 막상 해보니 알바나 직장이나 별 차이가 없다는 걸 깨닫는 데는 오랜 시간이 걸리지 않았다.

　결국, 언제까지 이 알바 생활을 해야 하는 건지 고민도 끝이 없고 고민의 끝에 다다르면 자기 계발을 해서 더 나은 삶을 꿈꿔야 하지 않을까에 이르게 된다. 알바 생활이 '덜' 나은 삶도 아니고, '더' 나은 생활이 무엇인지는 아직도 모르기는 하지만.

　'아침형 인간'이 되기는 쉽지 않음은 이미 겪어서 알게 되었으니… 자! 이제 진~짜로 퇴근 후 시간을 알차게 보내보자!

퇴근하면…

스며들다

나는 꿈을 많이 꾸는 편이다. 직장 다닐 때에는 방송에 관한 꿈을 많이 꿨는데, 너무 피곤하다 보니 집에 오면 바로 쓰러져서 잠들기 일쑤면서도 회사 생각을 버리지 못하니 전부 다 꿈으로 연결됐다.

한 번은 수정하러 회사 갔다가 수정 지옥에 갇혀 헤어 나오지 못해 끙끙 앓다가 깬 적도 있었다. 스트레스를 너무 많이 받으니 꿈을 꾸면서도 일을 하는 것 같았다.

인간은 환경에 영향을 받는 적응의 동물이라고들 하는데, 직장 다닐 때 상사들은 전부 유별나게 엄~청 예민하고 완벽주의자들이었다. 단 하나의 작은 실수도 용납하지 못하는 사람들. 그런 사람들 틈에서 죽어나는 것은 함께하는 동료들이었다. 물론 나도 포함!

하긴 뭐… TV 보는데 자막에 오탈자 나오거나 화면이 반복되거나 하면 그건 그냥 사고니까 그런 예민함은 이해를 하기는 하지만… 그래도 예민해도 너~무 예민해서 같이 일하는 사람은 정말 죽을 맛이었다.

나는 최대한 실수 없이 하려고 노력하다 보니 그게 스트레스가 되고, 그게 또 꿈에 나오고, 그러다 이제 일을 그만뒀는데도, 그게 몸에 배서 알바할 때도 영향이 생겼다.

'이제는 회사를 그만두었으니 그럴 일은 없겠지…'라고 생각했지만, 그건 오산이었다!

　빵집 알바 끝나고 집에 오면 하루 동안 있던 일을 식구들에게 이야기하다 보니 하루 종일 빵집에 있는 것 같은 기분이다. 그래서 그런지 지금은 빵집에 관련된 꿈을 많이 꾼다.

　돌다리도 두드려보듯이 체크하고 또 체크하고 무한 반복…!

　꼼꼼 집착 알바생이 바로 나다!

감사합니다

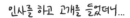
인사를 하고 고개를 들었더니...

계산해드릴게요.

감사합니다.

내가 누워서 인사를 하고 있었다.

감사합니다.

악.. 꿈에서도 일하다니...

큭

흠

울고 싶을 땐

회사 다니나,

알바를 하나, 울고 싶을 때가 있다.

그럴 땐 소리 내어 우는 것도...

괜찮은 방법인 듯 하다.

새로운 맛의 발견

꿈에서 누군가 나에게 꿀조합을 알려주었다.

알 수 없는 이상한 꿈이라고만 생각했는데...

일하러가서도 계속 머릿속에 맴돌아.

사장님께 꿈 얘기를 했더니...

사장님은 영혼 없는 리액션만 해줬다.

와. 맛. 있. 겠. 다.
만. 들. 어. 보. 자.

나는 꼭 해보아야겠다는
생각이 들어 빵을 사갔다.

사장님~
제가 사서
가져가는 거예요!

슈크림빵에 있는 슈크림을
마늘바게트에 발라봤다.

와.. 새로운 단짠조합이다..
맛있다... ♡

어디로 가야 할까

'여기 때려 쳐도, 더 잘 살 수 있어!'

직장을 그만둘 땐 누구보다 자신 있었다. 그런데, 지금도 그 자신감이 남아있는지 생각해 보면… 불안한 마음이 자신감을 꽤 많이 갉아 먹고 있는 것 같다는 생각이 든다.

'나는 지금 잘하고 있는 걸까…?'

'이렇게 알바만 하고 살아도 되는 걸까…?'

'이러려고 퇴사한 게 아니었는데…'

'미래의 나는 뭘 하고 있을까…?'

처음 알바를 시작했을 때에는 내 스스로 새로운 길을 개척하는 것 같아서 좋았다. 하지만 지금은 길이 없는데 무작정 걷고 있는 건 아닐까 계속 내 자신을 의심하게 된다. 걷고 있는 길의 끝에 무엇이 있는지 아무도 모르니 그것이 인생을 사는 재미라고 말하기도 하지만, 불안한 마음이 드는 건 어쩔 수 없다. 길 잘 찾는 내비게이션 들고 정해진 내 삶의 목적지를 찾아가는 거라면 좋을까?

세상에서 가장 빠른 동물인 치타와 가장 느린 동물인 나무늘보도 각자 자기만의 속도에 맞춰 살아가고 있는 거겠지. '나도 내 속도에 맞춰서 걸어가면 이 고민의 끝을 알 수 있지 않을까'라고 생각해 본다.

어른이 된다는 건

어렸을 때, 대학을 졸업하고 취직도 했을 20대 후반 정도가 되면 사회적·경제적으로 자리가 잡혀 '엄청 큰 사람'이 되었을 거라고 생각했었다.

그런데 20대 후반이 되어 보니… 내가 꿈꿔온 삶과는 다르게 흘러가고 있고, 역시 인생은 뜻대로 굴러가지 않는다는 걸 깨달은 '아직도 작은 사람'이다.

20대 후반인 나는 아직도 엄마 품에 있고, 잘 다니던 회사 생활을 끝내고 알바생이 되었고, 일러스트 작가가 되겠다며 그림을 그리고 있을 뿐이다.

사회는 험난했고, 내가 '큰 사람'이 되는 길을 호락호락하게 내어주지 않았다. 이렇게 어른이 된다는 건 정말 힘든 과정이 필요한 건데, 어렸을 땐 왜 이렇게 빨리 어른이 되고 싶었던 걸까.

어른과 어른이

빵집에 직원이 들어왔다.

저 이제 진짜 어른이 됐어요.

대학 졸업하고 ↗ 갓 들어옴.

어른?

저 신용카드 만들어서 처음으로 3개월 할부 해봤어요!

사회초년생의 소소한 만족감을 지켜주고 싶었다.

벌써 삶에 찌들어버린 28살 '어른'이 되기 싫은 '어른이'...

알바하는 내가

내 길을 스스로 개척하기 위해 잠깐만 해보려고 시작한 빵집 알바를 아직도 하고 있다. 이제 2년이 넘어가며 20대 후반을 빵집 알바 인생으로 살고 있는 것이다.

누군가 나에게 무슨 일을 하냐고 물을 때에는 나는 선뜻 빵집 알바 중이라는 말을 자신 있게 하지 못한다. 내가 빵을 만드는 것도 아니고, 회사 보다 나은 환경이라고 하기도 그렇고, 직장과는 다른 알바 자리여서이기도 하고… 이십 대 후반을 지나고 있는 내가 참 많이 머뭇거리게 되는 순간이다.

'알바하는 내가 결혼할 수 있을까?'

'알바하는 내가 내 아이를 낳아서 잘 키울 수 있을까?'

'알바하는 내가 집은 살 수 있을까?'

'알바하는 내가 나중에 부모님께 용돈은 드릴 수 있을까?'

'알바하는 내가 내 노후 준비는 잘 할 수 있을까?'

지금 '알바하는 나'의 생각은 끝도 없이 퍼져간다. 하지만, 알바를 하고 있는 내 미래가 걱정으로만 가득 차는 것은 아니다. 나는 알바를 하면서도 새로운 미래를 차곡차곡 준비하고 있다.

처음에 나는 직장인 삶을 잠시 '일시정지'하고, 알바생의 삶을 사는 거라고 생각했는데, 직장인과 알바생을 둘 다 경험해 보니 일시정지가 아니라 나는 그냥 계속 내 길을 가고 있는 중이다.

모든 것은 마음먹기 달려 있다

7살, 6살 정도의 남매가 오더니,

어린이 손님에게 마음가짐을 배웠다.

어디든 다 똑같다

나는 내 SNS에 나처럼 빵집에서 일하는 사람들의 사연을 받아 주말마다 그림을 그려 주고 있다. 많은 사람과 같이 공감을 나누고자 시작한 일인데 사연이 꽤 많이 온다.

그런데 사연을 하나씩 읽다 보면 '와… 진짜 별일이 다 생기는구나! 내가 일하면서 겪는 일은 별일도 아니구나…!'라는 생각이 절로 든다. 그런데 얼마 지나지 않아 사연과 비슷한 일이 실제로 나에게 일어나기도 하는데, 그때마다 이런 생각이 든다.

'아… 어디든 똑같다…!'

똑같아!

직장을 다니나,

알바를 하나,

스트레스는 똑같다.

그만둔다는 건

나는 퇴사의 고수다. 20대 후반에 회사를 두 번이나 그만둬 봤으니까! 뭐, 물론 그만두는 것이 자랑스러운 것은 아니기는 하지만…

자칭 퇴사의 고수라고 당당하게 이야기하기는 하지만 그만두겠다는 이야기를 할 때마다 두근거리는 건 어쩔 수 없었다. 새로운 곳에서 일하기는 꿈꾸는 것도, 일을 처음 시작하는 것도 큰 용기가 필요하지만, 그것을 그만두는 것에도 큰 용기가 필요하다는 것을 알게 되었다.

어떤 것이든 시작과 끝은 인생의 중요한 발자국을 남긴다.

시간은 천천히 꾸준히 흐른다

'언제까지 다닐거야?' 라는 질문에,

음...

나도 몰라... 그만두고 싶지...
근데 언제 그만둬야 할지 모르겠어.

이렇게 또 일주일이 지나간다...

혹시나 역시나

회사를 그만두겠다고 말했을 때 당장 마음은 너무 편했다. 그런데 며칠 후 카드 명세서를 받고 나서 현실을 깨달았다.

'아… 괜히 그만둔다고 얘기했나? 더 버텼어야 했을까?'

후회가 커졌지만 다시 컴퓨터 앞에 앉는 순간, '그래, 맞아… 카드값이 문제가 아니야. 미래가 안 보이는 회사에 내 청춘을 바칠 수는 없지!'

(겉으로 보기에는) 잘 다니는 것 같았던 회사에 그만두겠다고 말했을 때 상사는 이렇게 말했다.

"퇴사 결정을 할 땐 나무를 보지 말고 숲을 봐야 해."

그래서 숲을 보았더니, 나는 그냥 시키는 일 하면서 밤새고, 피곤에 찌든 모습으로 다시 출근하는 모습이었다.

알바를 하면서는 작고 귀여운 월급도 받으면서 일러스트 작가라는 미래의 꿈을 위해 노력하고 있으니 역시나 잘 그만둔 거라는 생각을 한다.

갓 나온 식빵에 꿀 뿌려 먹으면 별미!

소원

삶이 팍팍하고 힘들어질 때 사람들은 소원을 자주 빈다. 그게 교회든 절이든 하다못해 하늘에 있는 달님에게든…!

대부분은 쉽게 이룰 수 없는 간절한 것들을 빈다. 그런데 그렇게 소원을 빌고 나면 바로 이루어지지 않는 현실에 괜스레 좌절이 찾아오기도 한다.

나는 그럴 때는 소소한 것부터 구체적으로 소원을 빌어보고는 한다. 소소한 것부터 이루어지면, 작은 것들이 쌓여 점점 커져 가서 그날의 기분은 절로 행복해질 테니까!

행복함으로 살다 보면 어느 순간 간절히 빌던 소원도 이루어지겠지!

소소하지만

소원이라 하면, 거창한 거
　　먼저 떠오르지만 오늘만큼은...

케이크
먹고 싶어요..!

소소해도 소원은 소원이다.

오늘도
소원성취!

오늘은 어떤 소원 빌어볼까?

스펙터클

나의 이야기는 아직도 계속 '현재 진행 중'이다.

빵집에서는 지금도 여러 일이 벌어지고 있고, 앞으로도 나는 어디에서든 수많은 이야기를 만들어낼 것이다.

내가 일했던 직장, 지금 일하고 있는 빵집에서의 일들을 살펴보면, 미스터리, 스릴러, 멜로, 코믹, 액션까지 전 장르 에피소드가 펼쳐지고 있다. 그리고 앞으로도 나의 이야기들은 끝나지 않은 시리즈물이 될 것이다.

어떤 이야기가 어떤 희로애락을 갖고 펼쳐질지 아무도 모르기에, 오늘도 이렇게 어제와 같은 모습으로 출근하고 퇴근하는 것이 아닐까 생각해 본다.

오늘 하루 잘 마무리하고 퇴근했으니,

자! 이제 다시 출근해볼까?

출근해보자!

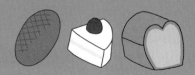

사장님이 빵 만드는 방법에 대해 말해 준 적이 있다.

반죽을 어떻게 하느냐, 재료를 뭘 집어넣느냐, 성형을 어떻게 하느냐, 숙성을 얼마나 하느냐, 오븐 온도가 몇 도이냐에 따라 같은 재료로 만들어도 맛도, 모양도 제각각이 된다고 하셨다.

지금 나는 매일 하루하루 똑같이 돌아가는 빵집 알바 인생을 살고 있지만, 오늘 내 하루의 시간을 어떻게 보내느냐, 누구를 만났느냐 등등의 이유로 여러 모습이 될 것이다.

나는 좀 더 나은 인생을 기대하며, 오늘도 '내 인생의 반죽'을 빚고 있다!

나는 그림 그리는 게 좋고, 내 그림으로 사람들과 소통하는 게 좋다. 그래서 '내 그림'을 그리는 그림쟁이가 되고 싶다.

하루하루 인스타그램에 업로드하는 내 그림이 차곡차곡 쌓이는 것만으로도 내가 꿈꾸던 삶과 가까워지는 것 같다.

나처럼, 자기가 좋아하는 꿈을 위해 오늘 하루도 열심히 걷고 있는 사람들에게 "잘 걷고 있어요! 힘내요!"라고 말해주고 싶다.

오늘은 어떤 하루가 될까?

감사합니다, 좋은 하루 되세요!

빵을 사고 빵집을 나서는 손님들에게 나는 매번 건네는 인사말이 있다. 이 책을 읽고 다시 자신의 치열한 삶으로 나서는 모든 분에게 이 인사말을 건네고 싶다.

"감사합니다, 좋은 하루 되세요!"

느려도 괜찮으니, 내 속도에 맞춰 오늘 하루를 살아간다.

조금 천천히 가도 괜찮아
회사 버리고 어쩌다 빵집 알바생

펴 낸 날 1판 1쇄 2022년 1월 23일

지 은 이 개띠랑
펴 낸 이 고은정

펴 낸 곳 루리책방(ruri-books)
출판등록 2021년 01월 04일

전   화 070-4517-5911
팩   스 050-4237-5911
이 메 일 ruri-books@naver.com
블 로 그 blog.naver.com/ruri-books
인 스 타 @ruri_books

ISBN 979-11-973337-2-9 (03810)

He gives power to the weak and strength to the powerless.
Isaiah 40:29